# 后山开花

余秀华

著

GUANGXI NORMAL UNIVERSITY PRESS
广西师范大学出版社
· 桂林 ·

# 目录

**辑二  如果我也在桃花源**

**辑三  路上的风景**

辑四　向不确定的事物索要亮光

辑六　梨花落满头

## 序　在半光明里继续写作

　　像是把头埋在水里，不顾及呼吸，一直游下去，永远找不到对岸，但是除了游动也别无选择。这样的状态是我的生活状态，也是我的写作状态：没有目的地写，不求甚解地写。至今，我依然无法给"诗歌"一个定义，哪怕是模糊的。但是我从来不觉得这是耻辱，如同光明充满了房间，而人依然无法说清楚这些光线的来龙去脉。加缪说世界是荒诞的，哪怕你有足够的理由反证，而反证的结果还是在荒谬的范畴里，所以与"荒诞"共处似乎也成了我隐隐约约的一种生存心理。

　　从 2015 年的春天起，我的名字似乎与诗歌产生了物理反应，而其实这不是我关心的问题。诗歌是一个人心灵最真实的部分，能有人喜欢，说明我们能共情，共情离知音相差甚远，也是我刻意避免的。但是，又恰好是这样的共情让我们似乎找到了伙伴，一个人在深夜看星星的时候，还有人在别的地方同时在看，这无疑是一种安慰。2015 年到现在，总有人问我有哪些变化，能够被人看见的变化我就不多说了，尽管这变化里还有想象的部分，我不做解释。

我个人能有什么变化呢？年岁的增长之外，生活的变化其实并没有多少影响到我内心的历程。前几年，世界的好意朝我扑面而来，我也张开双臂去迎接，去爱。这是我人生的一段不再重复的激情，因为是激情，就多少有些冲动，缺乏思考，特别是对自身的思考，当然有些明显的收获是摆到了台面上的，比如对人性之恶的认识。当我没有办法逃离，就只能选择共存，因为一直把自己定位于"演员"的身份，生命剧情的发展是我不能控制的，所以我一直处于被动的、消极的心态。好在，我所有的爱里面，对文字的钟情经久不衰，这是任何一段爱情都不能做到的。

我一直是个内心激越的人，即神经敏感，所以在与人的相处之间，更多的是受制于人，在过去的岁月里，它的的确确可以理解为善良。但是这份善良的作用是非常有限的：没有付诸行动的善良是带着伪善的，但是付诸行动的话，它对我的鼓励又超过了它本身的作用，这同样是伪善。2020年新冠疫情的发生、蔓延，以及方方面面的反应，我似乎也没有切身之感，唯独大舅在这期间去世，没有人参加他的葬礼。我还是以为没有人参加的葬礼并不说明他死得没有尊严。

加缪在这个时期来到我的书架上。他向我提出了一个问题：我们看到的生活就是我们想要的吗？我们应该如何生活？我理解的是，他并不一定是指"正当的生活"，什么是正当的生活，它是不是真的存在呢？没有一个狂妄之徒敢下结论。低头一想，一个人的生活几乎一眼就望到底了，还能做什么呢？比如一棵花儿在别的地方已经生长得很好，我却把它移植到我的院子里来，于它何益？于我，除了爱的证明，再没有别的。

这几年得到了赞美，也受到了很多侮辱，让我疼得夜不能寐。这是多么冤枉：我与这世界并没有多深刻的联系，凭什么我要承担无中生有的恶意？而其实我在内心里认为自己是肤浅的，连最基本的智慧都没有。好在我的生活根基还算牢靠，虽然我不停地在这个旋涡里打转，却从来没有脱离生活的本身。诗歌，无疑加固了这个生活的底座。

诗歌是什么，到现在我依旧不能给出一个答案，就像你问我爱是什么、宗教是什么一样。有答案的东西都能够解决，能够解决的东西多半不是精神上的东西。朋友圈里大多数是诗人，每天都有新的诗歌产生，我们就如同一个工厂里流水线上的工人，这是多么荒诞。每个人都有话想说，但是怎么说都说不清楚内心的准确，这也许就是诗歌。

文字是一个人的心态。这时期你的心态如何，都会反映在文字里，你是悲伤的，文字就是悲伤的；你是安静的，词语之间就会溢出安静。怎么写好像都对，说诗歌有好坏，不如说一个人的灵魂是肤浅的还是深邃的，是高贵的还是臣服于尘世的。事到如今，想改变灵魂是不可能的，但是我们应该向高贵的灵魂靠近，这应该成为一个人的自觉。

而现实生活中的我却是散漫的。我总是不想刻意追寻什么，只期望着本来要与我汇合的东西不紧不慢地朝我走来。而诗歌常常在我一天的散漫后，把我飘忽的心拉回肉身里，它也像一个隧洞，当我走进去时，洞口就闭合了起来，让我精心地梳理我的得失，成为我在尘世里的一处位置，尽管是徒劳无功，但是无用的东西在一个人的生活里也是至关重要的。

我原始的身份是农民，这是就我所处的位置所从事的工作和社会地位而言的。某一日，我突然悟到：身份也是对自己的禁锢，无论是农民、工人，还是大学教授、科学家，身份的禁锢和社会地位没有关系，恰恰是这样的界定来诱惑你去打碎它。真正能够飞扬起来的从来不是安分守己、刻板的人，而是离经叛道的。我想我本身的残疾加深了这样的体悟。而一个人很难把自己界定为纯粹的诗人，一旦界定，诗人就会成为文字的囚徒。

我这一本诗集依旧写的是小情小爱，因为爱一直充盈着我的心，许多时候我为自己过剩的爱感到羞愧，而到真正没有能力爱的时候，爱的每一点火星都会弥足珍贵。所以当我思考爱情的时候，理性已经干扰到了我的激情，我意识到了它的可怕，但是无能为力。要命的是，一些人还把生命的平静当作美德，这确是最悲伤的事情。

我还在写着，这就完成了我写作的使命。至于是不是诗歌，或者什么是诗歌，一点都不重要。我是如

此幸运，能够找到最适合我的方式，用最忠诚的文字把
自己平放在世界上，一切的苦厄都成了配菜。

余秀华

辑一　纸做的村庄

## 纸做的村庄

被夕光拉弯的黄昏，被黄昏摁低的人群
被村庄拉进的风，被风摁到地上的草木
被疾病收走的母亲
装着母亲冷下去的墓碑
它们锋利，纸背一样割着活着的人

被拆除的祖屋，被移走的神像
被新建的房子，被拖进房子的旧人
被玩来玩去的我的虚名
母亲的墓碑旁边没有我的墓地
纸币折叠，徒生缝隙

而秋风依旧吹拂着千亩良田
水稻、棉花、高粱、芝麻……
这些养活了人的庄稼啊
不管养活的是平民还是显贵

不管养活的是繁华还是荒芜

你给我村庄，不给我庙堂
你给我亲人，不给我幸福
你给我雨水，不给我河流
你给我的又苦又薄
风一吹就散

## 深夜下起了雨

村庄低矮了下来，在一片雨声里
在这个新农村里，我们的诗句硬邦邦的
刺破了多少女人的胸膛
时代的温水里，我们这一群青蛙，梦想的绿纹
不会多卖几个钱

我枯坐在这个夜晚，如同一个遗民
但是给不了自己一个朝代
活了半辈子，丢了半壁江山
落下的夕阳就是为了引出这一样的雨

两只麻雀在我的屋檐下睡着了
为了制造一个梦境，它们的翅膀收得紧紧的
它们曾飞上天空
像一个犯罪的过程
雨不会打扰到它们的梦

你知道我很困难，我拔光了自己的羽毛
赌气似的。却不能与这个冬天为敌
它什么也证明不了
不过像一块肌肉
回到了我的身体里

## 雨水

雨从上午九点开始下，玫瑰的颤抖
是从八点开始的
昨天晚上我们说了一会儿话
院子里的栀子花送来乳白色的香气
"他不知道我喜欢他"
他的名字有薄荷的味道，压在我掉了牙的
牙板上

雨从上午九点开始下，鱼群的动荡
是从昨夜开始的
我们需要更明亮一点的中年
让隔年的青藤苏醒，再一次爬上窗台
我的口袋里装满了一条河
迎来了他
——最耀眼的一道波光

赞美雨水的人都会在雨里奔跑

我们各自的省份在一个山坡倾斜下来

最先交融的是两条河流

风止息，在一滴雨与另一滴之间

这些补充的部分

我会慢慢地把它摘出来

啜泣

像一个异乡人，缀满对这个村庄的敌意
石榴在五月红了
逃回家乡的人准备掏心掏肺
一个女人很容易和一个敌人讲和
那些潜伏的爱情是可怕的
潜伏的寺庙也是可怕的
修行成功的都有致命之毒
我呢
千里迢迢背回了一尊泥菩萨
五月的雨水盛大，河流增多
一个人盖起了新的庙堂
菩萨不进去
我就出不来

## 不要惊扰她

她坐在窗台上。光线正一点点暗下去
她想起一叶叶消逝在海上的帆船
那时候他们的船靠近码头了
海水蓝得迷惑
她走在他的身后。她的身后
是慢下去的海潮声

她坐在窗台上。风拨动着淡蓝的纱窗
忍冬花的味道比昨天疲惫，苍老
今晚的月亮比昨晚小
"他居然没有给我任何一个信物"
她喃喃自语
"他昨天在河南
今天应该在北京"

她在窗台上睡去。轻霜穿过月光

沾在她脸上
多干净的一张脸啊
她在梦里也不知道自己还这样年轻
仿佛没有爱的印痕

## 是的，我爱上了一个人

经常走的街道，梧桐又绿了一次
那些手掌一样的绿，打不醒一个不知死活的人
一些熟人都老了
他们不关心梧桐树的叶子，不关心
一些人死于车祸或是死于疾病
曾经多少次，我幻想过自己的死
我爱过一些人，他们都是我死的时候不愿意再见的
但是这一次，我希望
在他的怀里落气
我希望是他把一张黄纸盖在我脸上
如同一棵梧桐树把一片叶子
盖在地上

邻居

星光照在她阳台上的时候，也照在他的阳台上
他的阳台上荡漾的栀子花的香味
是她的
星光落下他的窗台，也从她的窗台上落下去
她梦里的晒热了的衣服上的肥皂的味道
是他的

他常常和一个女孩子在屋后说话
女孩子的裙摆上有春天盛开的蓝色牵牛花
"多么年轻的女孩子啊"，她躲在开败了的
花朵后
仿佛这隐忍的爱情
也是明晃晃的罪恶

## 被惊扰的时刻

楼下传来细微的声响，但是没有人
楼下持续细微的声响，他并没有回来
院子里落满昨夜的风
和旋转在风里的玫瑰花瓣

我想起在某一个地方，我推开一扇门
他正在写诗
我记得我颤抖地问他，能不能去七楼
喝茶

昨夜玫瑰飘落的时候，我在梦里
我在梦里找他。
昨夜雾气浓重的时候，我在梦里找他
我听见了他的声音

我听见了他的声音，没有看见他

## 哦，郢中城

又一次写到这个城，也是又一次旧爱重提
我和他，那个愈加苍老的男人从郢中的夜色里走过
命运急促的轮回里
我们踩着了彼此的尾巴

曾经酌着夜色写情书的人，她胸口的黎明
依旧没被打开
风卷着莫愁湖的水汽吹到了王府路上
我和他，那个在我眼皮下苍老的男人
告别的时候，手足无措

不知为谁生，未知因谁死
一场雪还是积成了一个雪球，从一条路的坡上
倾轧而来
告诉我，我怎样把你推出这个劫

我是等来了他的年暮

可他单细的手指

让我不忍心去碰

## 她过起了独居生活

她过起了独居的生活。
来院子里陪伴她的这些被遗弃的花草
鸟儿飞了一会又飞回来。
她有了很多朋友。她从来不邀请他们来家里
她的家里不止一双拖鞋。
不止一个酒杯，床上不止一个枕头

她在乡村里，离一个城市不远。
城市里有公园，有图书馆，有政府大楼
城市里穿梭着一个人，是她的小政府。
有时候她觉得应该去找小政府提一提小问题
而家里的那些拖鞋、酒杯、枕头
让她没了勇气

仿佛她是一个犯罪未遂的人。

她过起了独居生活。

常常把枯萎了的花草扔到楼下去

她有时候出去和朋友们吃饭，有时候会碰到一个人

会喝很多酒

会想念家里的拖鞋

从而愈加言不由衷

# 冬至

晴朗的一日：喜鹊和麻雀在屋檐上叫
最长的夜晚即将过去：香樟树里的夜晚
桂花树里的夜晚，芨芨草的夜晚
一杯茶里的夜晚

我将在这些事物里扶起自己的倒影
哦，许多日子里我感觉到温暖
我时常伸出手去，想捏住周身
绵绸般的时光

哦，怎么对你说呢
一个人在旷野里走了多年
遇见一棵树
尽管它的骄傲我不敢靠近

我轻轻地拍打它：这是你吗？

我得到了三个回答:是生命本身的暖意

第二个:因为你的深情厚谊

最后一个:揭谛揭谛,波罗僧揭谛

## 雪下到黄昏

说到雪，有人从椅子上站了起来，如同说到死亡
在横店村，雪不能埋掉一棵槐树，埋掉一群乌鸦
我想起我离婚的那个日子，穿着灰色毛衣
三年了，它还在。
有人说，看看吧，这些被谎言喂大的骗子
雪是白的，埋不了白骨
横店村的雪埋不了墓碑。她们还在墓碑上
呼吸
我在深夜读《易经》。读了一卦
便想给人看前程
这些最初的黑字是一个老人刻在深山的石头上
雪是杀不死的。
一群孩子跑到村子的土路上仰起头
看虚空之物，如此落下
这些孩子里，一定有一个是和我约好
一起投身于此世的

# 影子

他在我前面走
他的影子覆盖了我
我想让他的影子落进我的骨头

风吹来
街边的梧桐叶子枯黄
许多人落进他的影子
许多人又出来

如果再顽皮一点
我就跳到他前面了
可是我不想我的影子打了他的脚

他的影子没有落进我的骨头
过了民主路
我们就走进了漫长的阴影里

直到挥手告别的时候
都没有看到蓄满眼眶的
随时都可能跌落在地的明亮

# 五月十二日清晨

大伯和父亲在楼下吵架

七十五岁的男人和六十五岁的男人偶尔找一找

敌对关系

灶上的火越来越旺。呼出细微的风声

火是新火，账是旧账

陈谷子翻出霉味，骨缝里长出骨刺

这两个同时在河沟里下龙虾的兄弟

因为眼神不好而认不出自己的笼子

他们觉得这和他们是同一个祖宗关系很大

祖宗该打

一辈子的坏事装进一个虾笼子绰绰有余

我盯着这对老弟兄

生怕一个粗气就吹散了这轰隆隆的

烟火气

但还是忍不住喊了一声：

大伯，加油，你不能吵输了

## 避雨

下午四点，雨下得大了
几只麻雀藏到了窗棂下。月季的花蕾
在雨风里颤动
两个人在对面的屋檐下。都穿着掉了色的灰衬衫
他们说话，并不看着对方
仿佛对生活没有不放心的地方
我去阳台看那棵月季，它前几天热得奄奄一息
现在又缓过神来
我和它一起看着雨珠从阳台的栏杆上滚下去
摇晃着小病初愈的欢喜
都怀抱借这人世的屋檐避雨的欢喜
对面的两个人，一个点燃了一根烟
递给另一个
那一丁点火星多绚丽呀
不是什么人都可以燃起来的
我也想抽烟了
想让这棵月季也抽一口

## 我们抽烟吧

是的，已经受够了：把词语打碎再排列
头顶的一颗星星跟了我们一辈子了
仿佛等着我们消失
秘密就在触手可及的地方却总是抓不住
花不厌其烦地开着
如同一个女人用胸摩擦你的胳膊
你以为接下来的事情很容易解决
但是你说巨大的空虚没有一次缺席
我们抽烟吧
絮叨的日子还长着呢
我们这些如履薄冰的人
好像所有的事物构建于词语
我们抽烟吧
等了你这么多年，干别的事情
都是羞耻的

坍塌的事物上，词语也站得起劲
让所有的事物都能打败我们
这荣光

## 归途

第一天，她坐车进城，又走了很远到他楼下
他在六楼。她到了他门口没有进去
第二天，她坐车进城，又走了很远到他楼下
她在五楼停下，下楼，走了很远的路回家
第三天，她在他小区门口坐了很久
汽车碾起的灰尘溅了她一脸

半个月后，大巴车走到城边，她就下了
她不知道来来往往的车有没有他在里面
一个月后，她骨瘦如柴，再没有坐汽车
只是在村口
望着城市的方向
她摇晃得比任何时候都厉害，晃掉了刚刚萌芽的
爱

## 十二月份

十二月份，一个人回到村庄里。

光秃秃的田野落满了乌鸦，马铃薯都被挖回了家

早上的炊烟把年纪大的人拖回人间

她曾经到处参加宴席，像一个举着花枪的人

现在，她从口袋里掏出衰老，贴满身体

把一个少年密封起来

而梦，密封了她今年才认识的一个男人

十二月份，一个人回到村庄里。

燃放过的烟花，灰烬一路从裤腿里抖搂出来

瘦骨嶙峋的人在黑夜里回到村庄

名誉没有把她喂胖，毁损也没有给她削骨

蝙蝠挂在墙角

一些人在小说里死于车祸

一些人在雪夜里出生

一个人回到村庄里，仿佛从来没有漂亮过

## 都一样

晚饭后，雨下大了，不能去散步
路灯却还亮着。湿漉漉的灯的光掩藏着
老的和新鲜的鬼魂

我们在走动的时候，把人间拎了过来
更多的时候，它覆盖在你身上，裹尸布没有清洗

写诗的人开始写小说，是因为她遇见了它们
一方不知道怎样向另一方求救
这呼声是人间的雨

雨下大了，不能去散步，房间里的灯打开
把一些穷途末路赶走
但是开始的已经在结束之中

如果嫉妒不至于让一个人不停地踱来踱去

一切都是可商量的

他在和别人谈恋爱。但是他最后会回到我身边
这幸福而悲伤的宿命
喝茶还是喝酒，在这样的夜晚
都一样

## 油菜花盛开的时候

一个下午他都在阳台上晒太阳
头发稀稀拉拉地浮在松弛的头皮上
墙边的金银花开了
他面无表情

几年前的一个夜晚
他拉着我走进一片油菜地
一片蛙鸣里，一片星空下
袒露彼此

那时候，我们也不比现在年轻
却对人间之事怀抱热忱，对禁忌
怀抱热忱

世事难料。
我在散步的时候总是避免看见他

不小心看见了，如若在这样的四月

在乡村的芬芳里

这把我撕垮的悲悯

还是无处可放

## 散步

每晚，我都比他们先出门
从村里走到村外，再走回来
返回的时候就会遇见他们：我的父亲和他的女人
母亲死后，他有了这样一个女人
我曾反复揣摩他的心思，却一无所获
父亲越来越老
我总担心我一直在忽略他的生活
但是我抓不住
他一定遗憾有我这样一个女儿
从来不表现父女情深
我只是感觉到时间在我们的身体里越来越
稀薄
如同疏松的骨质
不敢去捏
怕一捏就成了一把灰

我也总是先比他们回家
我知道我亮起的灯对一个老头
比较重要

## 横店的一个下午

### 1

布谷叫了一些日子了。油菜收割后，秧苗插上
它们费力又赤裸地把岁月的新绿挤出来
田里的水托着蓝天，但是你知道
它托得浅
又过了十年，在同一块水田里
他的秧苗也插得浅了一些
他还是指望着好收成，养活这一年年衰老的肉体
也指望有一点结余
好在这田边修个坟，给自己

### 2

我和我的父亲已经没有地了。打零工回来

他在新农村房子前磕掉脚上的泥巴
植物从我身边退到了远处。不像在原来的家
打开门就能看到疯长的秧苗和稗子
再也看不到的还有我母亲
如今她躲进小小的骨灰盒，躲在地下
再无音信
横店的庄稼年年丰收
还是把我和父亲养得瘦骨嶙峋


3


好在我稍稍用力，就能拉出稻子、麦子、油菜
拉出斑鸠、喜鹊、乌鸦、蟋蟀
它们在我的骨缝里，拉扯着想飘上云端的我
是的，我不会飘到半空
而我丢了母亲，也丢了一半的横店
老屋的院子里落满了叶子
它在我的眼皮底
颓废着。那口用了几十年的水缸
空荡荡地杵在厨房里

## 邻居的孩子在牙牙学语

在这春天的浓墨重彩里，在燕子飞过的缝隙里
他从大人的怀里挣脱出来
在黄昏的光线里摇摇晃晃地走
他惊讶地叫唤：夕光挂在草尖上
小颗粒的蝴蝶在他眼前打转
哦，这是什么，上帝
上帝在喝桃花酒。他不管一个小孩子
他知道他迟早会弄清万物上的签名
上帝知道一个孩子摇晃的身体
会拨开尘世的哀伤
那个瘫痪了许多年的男人在笑
如溢出瓶口的水
因为这个瘫痪的男人，村庄早旧了
而这个孩子让村庄焕然一新
你知道他什么也没有做

要命的就是他什么都没做
他走到我面前，"啊"了一声
仿佛知道我已经惊扰了这个世界

## 黄昏，薄雾飘缠

一个人在乡村里写诗
一个人在深夜掏出骨缝里的十字架
一个人在薄雾里走出了村庄，又走了回来
一个人在百里桃园里偷情，但是无法给身体一个交代

一个人在春天里看油菜花
十字花科。最单纯的颜色，最富饶的香气
隐藏最深的野草和蛇
它们把春天安放在一个秋千上，摇晃过了四月

一个人在黄昏里老去。
一个人掏出一生的秘密。但是没有人相信
一个人被流水带走
带走的时候，她以为这是酒，但是醉了

她不知道在什么地方醒过来
一个人回望自己空荡荡的身体
对自己感到满意

## 新居第一夜

孩子和父亲还在老屋里

小花狗和小白兔也在老屋里

盛开的茶花在老屋里

锅碗瓢盆在老屋里

母亲的灵位在老屋里

父亲的沉默在老屋里

我给一个人写了一半的情书在老屋里

但是今夜我一个人在新房子里

地板砖很凉

如果什么东西掉在地上了

不能和从前一样

赤脚下地去捡

辑二　如果我也在桃花源

## 如果我也在桃花源


一定是桃花谢后。一定是人群离散
一定是又一段无着落的情缘
一定是源已无水


那边月下人，是你也非你
红尘里的印记怎值得含泪辨认
无桃花，就无成泥之苦


一直走
走到头的就不是桃花源
一直梦
梦里出现的就不是流云水


只有还挂在枝头的轻
对应我
也对应不可跋涉的未来和
曾经

# 给董郎

你冷静，像蓝色的木星。我炽热，是等待毁灭的火星
宇宙里还有多少无法企及的秘密
它们有时候是飞转的旋涡，有时候是深沉的海洋
更多的时候就是我自己

我的欲望是火，绝望也是。我的爱情是火，孤独也是
如今我们的相遇注定了头破血流
注定把这坍塌的后半生武装起来
再到你面前一败涂地

也注定了血肉模糊的分离。这孤独的火，白发苍苍的火
这无处落脚的星球
而你，在和我遇见又分离后需要更大的力气
遮蔽你自己

遮蔽你自己再去爱，去信，去塑造一个俗世的自己

想到此，我就熄灭我自己
像斧头砍下山脊
陡峭。没有回还的余地


而落实到此刻：你在人潮涌动的城市，我在荒芜的村庄
我一片一片摘下挂满墙壁的祈祷词：
神啊，赐我年轻的爱人
赐他丰满、无限的生命

## 记一次空中飞行

飞机颠簸，倾斜，迅速下滑……我们就要结束？
恐惧就是恐惧本身。我的骨骼错位


我突然喊出你的名字！
所有的人都跟着我喊着你的名字！


你永远不会知道，你的名字在即将坠落的飞机上
被那么多人呼喊过


直到安全降落
我们各自走下飞机，没有一个人互相打招呼


而此刻，我更加不配
把这个名字写进这首诗歌里

## 不眠之夜

我期待你来我梦里。不管以一个老人还是一个孩子
不管你是沉默不语还是侃侃而谈
像从前那样。像从前那样在门后看我
而你，已经好久不来了
雪从远方埋进了村庄。
而我却想跳起来薅那个梦
盼望长眠的人却总是睡不着
时间如雨滴挂满月光下的屋檐
你是居住在这缝隙里的人吗?
时间也像一个八卦阵，从我这里扩展到你那里
每一个玄关都落满笛声
低沉。如同呜咽
在这午夜，被浅浅的生存淋湿了的人
嘴角挂着满意
你如果来我梦里是再好不过的一件事情
而你好久不来了
不知道在哪里修补这陈旧而苍冷的
人间

# 如果从来没醉意

半夜的深圳下起大雨。
拉开窗帘，闪电差一点扫着了我额头
我的身体里储了半斤酒
半斤羞愧。半斤破窗跳下的灼热
半斤绝望
半年之前，我和一个人在我的新房子里喝酒
醉后抱着他哭

我们用分离终结了这样的羞耻
这分离是不停新生的雷霆
一次次被我摁回腹腔
今夜，我和我的羞耻一起到了异乡
有了一起粉碎的欲望
半年来，我每夜按摩我的胸部
却把跌碎的那只酒杯更深地按进了骨肉

## 大雨倾盆

大雨倾盆。一些等待在乌云下的人要等
一场削骨法事
公路上依然有奔跑着的汽车，着火的引擎
酒店三十楼的房间里，一个女人在赤身裸体跳舞

需要多深的醉意，落在街面上的雨汇入江里
那个为邮筒打伞的老头
他身体里的纸张被抽离，而黑色的宋体字
字字落进腹腔里

她跌跌撞撞地在街道上跑，按亮一路红灯
她的身体里住着一个人的死亡
她把耳光从自己的脸上取下来
如果碰到一个人，就抱住他

大雨倾盆。大雨溺不死的人间

真的，我想要我的百步之内铺满凶杀案
如果你来敲门
我一定完成我预谋了太久的事情

**期盼我爱似幻影**

### 1

妄相丛生。不妨多一句妄言

戴着镣铐站在菩萨面前的人

杏花落了半壁江山，而心徒芬芳

雨在一个人的祈祷里停下。雨在一个人跪下去的时候

停下

菩萨，请推远我

菩萨，请将更多的泥泞溅上我姓名

和我性命

### 2

菩萨你随手一指，便是铺天盖地的相遇

菩萨你引诱我

让我在这副泥身面前左右为难

生是含死生。死是忘生死

这午夜青灯

无非是念了又念，终致无言

这万卷经书

不过是布在尘世上的万条路

让人走到厌倦

3

给一个幻影让雾气化为水，让水升腾为气

他和我相对而坐

他的手牵住了我的手。他的手摸到了我的腿

给一条残腿让他猜测

给一双残腿向他跑去

给一个女人陪伴他，让我不断嫉妒之心

给一个思念安在雾气里

给一种阴天安置在江汉平原

给一种绝望让我

仰望

4

迷惑他。当我在他生命之外
鼓舞他。当我在他生命之外
迷惑我。当我有了靠近之心
毁灭我。用这年复一年的孤独和悲戚

## 像她曾经给你写信

像她曾经给你写信，如今，我也这样给你写着
我想问她：被她爱过的你怎么还如此新鲜
怎么还有我不敢触摸的门

是的，爱你的时候，没有一样不为你打开
我浸染了这额外的芬芳

如果我的身体不洁
是因为没有经过你双手的抚摸
如果我的灵魂不洁
是因为没有你泪水的抚摸

这些信，会像鸽子一样消失在夕光里
像文字消失在文字里

我的痛苦，这爱得并不稀奇的痛苦
沙一样，被风扬起来
又在风里坠下去

**无语凝噎**


夜晚，雪下大了。十月的玫瑰花苞到了十二月
就打不开了。
它们正在经历大雪
雪落在酒杯边，落在我的头发上
你来得这么迟，又走得这么早
我准备了那么多美酒
被我失手打碎了坛子
我重复了曾经的痛苦，它还是如此新鲜
只是它们曾经沾到过白纸上
如今只能被雪覆盖
我想过许多种挽留你的方式
又害怕万一留住了你
等我能够从容面对你的时候
头上的雪再掸不下去

## 她替我爱过你了

她替我爱过你了，那时候她多么年轻
如初次站上枝头的花蕾
那时候她多么纯洁，悲伤零落的时候
空枝上积满白雪
她和我一样有着残疾之躯
她多么幸运，没有被污染过
就已经死去

她替我爱过你了。如今我见到你
已经一身污垢
她的心没有被撕碎过。和我的千疮万孔不一样
我一身污垢地走近你
我承担不了我爱的纯净
为了这个，我必须虚情假意去认识
更多的人

## 戒酒辞

想起来很久没喝酒了。
自从在他面前醉过以后，就再没喝了
今天下午阳光照在我脚上
我想起酒，想起那些喝酒的日子
以浓稠的虚空回应稀薄的虚空
以频繁的话语回应长久的沉默
以舞蹈扶正这身体的倾斜
以假乱真
多么忧伤而美好的日子啊
如今我不再喝酒了
对生活的腼腆愈加让我结结巴巴
没有一种流水能够冲开我身上的绳索
为了报答我对你的爱
我蜷缩成一个优雅的假人
而"我爱你"这几个字
因为酒后失言
已足够我忏悔后半生

## 我不相信我的爱情

喝过威士忌以后，我又喝红糖水

这酒多么容易醒来，仿佛假的

这夕阳多么容易沉下去，仿佛假的

可是我依旧感觉到，这红糖水是甜的

仿佛前几天我熟睡的样子

每一次爱上一个人的时候，我以为不会再爱了

如同每一次醉后我以为不会再醒来

而客观的事实是

我还没有入睡就已经醒了过来

醒在痛和哭的经纬里

而今天，我的父亲和他的女朋友新养了一棵树

葱翠欲滴

我甚至看见了几颗从它的叶片上

滚落下去的露水

这仿佛你终于有一天和我一起生活

能够呈现的样子

## 表达的愿望

你想说星辰是怎样倾塌的，当他逆光远走
你想说河水是怎样干涸的
而一只狼，它不再关心草原上的羊群
它知道羊群朝哪一条路奔跑
它们在野草枯黄的草原上把自己逼上悬崖
没有一个人能够在人世里安生
没有一种爱能够在柔情里长存
你把门窗打开，麻雀都飞了进来
你觉得应该爱上一只麻雀
只有这样才不计回报
没有谁能够体谅一颗想要回报的心
它磨损了所有
只剩这唯一的亮光
而今，你要把这亮光掩盖住
像掩盖住一个罪犯深夜里
跪在教堂前面的忏悔

## 在阳台上，立春之日

一本书需要反复读，一个人可以反复爱
书读完了，旷野里独留一个人的背影
还要怎样的真诚呢，我想拉住他
还要怎样的沮丧呢，除了放逐他
为了做一个彬彬有礼的人
多少人在追逐从骨头里跑出去的野兽
爱需要次序
绝望者一遍遍这样告诫自己
不能把朝霞摁死在河水里，故事就没有结局
于你而言，新生的姑娘是逗号
于我而言，健康的身体是
那些过去的人胸口都塞满了子弹
想爱的人注定遍体鳞伤
还要怎样的真诚呢
除了把他拔出我这泥泞的生活，扔到荒野

## 你的名字

你的名字是魔咒，写一百次能绿一片树叶
你的名字是绝望，写一百次能死一个女人
如今我一遍遍重复
在每一张纸上写你的名字
你的名字是恶咒，把我困在一个坟墓
生不能死，毁亦不能毁
我只能覆盖我，你依旧自由
而你从来不把你的自由带到我面前
不把你的嘲笑带到我面前
你让我在绝壁之上绝望
你让我在天空之下捆绑自己
你让我以残疾对抗残疾
以高贵的心对抗高贵
你让我历经磨难
而口无一言

## 我想这是不可能的

我想这是不可能的：我会拥有那样的爱情
像生长在废弃的院子里的野草莓
他和我都隐身在这斑驳的人世里
极少人来扣动我们老旧而孤单的姓氏
只对彼此的灵魂着迷
这需要付出怎样的努力？

一天天看着夕光从低矮的植物的叶片上
滑下去
像被人间抛弃的人
那样高浓度的爱多孤单和刻薄啊
但我们终于把自己训练成了只吃草莓的人
一个人到了河对岸就想返回
我至死也不敢问他
这被死亡护佑着的爱情能让多少肉体
起死回生

## 秘密制造者

我想和你一起去横店的夜色，去夜色里的油菜花地
我想和你在花儿凋谢之前狠狠相爱
狠狠互相索取，直到狠狠彼此抛弃
如同花朵一样新生，又如花朵一样死去
我不会向你索要一枚果子
如同星星不会向天空要一片深蓝
我们人到中年，我们身体腐朽
这腐朽的身体适合建一座爱的宫殿
我想知道面对慢慢丢失的村庄
你是否和我一样忧伤
我想知道多少次你也和我一样在深夜徘徊
我也想知道你经过了那么多身体
是否还对爱充满敬意
但是我不想知道，我们这一对农民
这粗糙的身体和内心
是否还对一朵油菜花，对花心的蜜蜂

细心查看
因为它们偷走过的秘密一直握在
我们的手心

## 一个人的庄园

一个人的庄园，是把落日从古墓里挖出来

浇上水，浇上油。果实挂在树上不是为了叫人吃的

一个人爱你，不是想和你在一起

一个人选定了一个日子叫作生日，一个人再选一个日子

叫作祭日

只有祭日别人给她点上蜡烛

几十个生日都是一个人张灯结彩，大摆宴席

她以为在孤独里可以凿一口井：埋白月光

埋白骨

一个人的村庄叫作横店。一个人的庄园叫作世界

她爱一个人，却不能把他推出这个世界

也不能把他挂上枝丫

她为什么活着？而她又为什么去死？

# 裙子

新买了一条裙子，黑色的，性感，把胸凸了出来
几个晚上，我把这件裙子套在自己身上
想象站在你面前的样子
甚至扭了一下自己的腰身
然后我羞愧地闭上了眼睛，仿佛被你看见了一样
我也捂住了自己的胸
然后我把它脱下来，塞进衣柜的角落
再用更多的衣裳掩盖这个作案现场
我已经很久没有见到你了
我怀疑我这一生再也见不到你
哦，这条裙子，因为穿它的时候想象被你看见
再无法穿出去了

## 星期五

今天是星期二。他说星期五晚上来看我
他问我是不是已经备好了酒
我看到了衣柜里那些沮丧的衣服

他已经看见的那些火光正在熄灭
被春天恶狠狠撕扯过的人正在恶狠狠地筹划
星期五晚上的酒宴

他没有看见过的火光将依次点燃
如同遗失的骨骼回到世上，找到棺材
如同棺材回到森林，找到树木

但是也再没有比这更好的事情了
见到他，听他说话。看他把天空的蓝
拉到这个村庄里

但是没有比这更好的事情了
如果我爱他，就不能把他喝醉
不能让他圈养的野兽跑出来

## 不知天高地厚的人


可是我依旧相信我能等来一个春天，等来你
我要等到天说它有多高，地有多厚
我要在爱你的时候死去，让风把我葬在天空里

可是我依然把你的名字写了一百遍，每天都写
我要等这些红色的笔迹淹没我。等你的名字
埋葬我

这一个村庄的淤泥不能污染我。这一个村庄的世俗
谋杀不了我
我爱你。我改变不了这样的事情

我改变不了这样的羞怯
这样的耻辱

而你啊，是不会怜悯我的
你被幸福赞颂过的生活是不会怜悯我的

# 下雪

到了晚上，更冷了。想到你。
没有被雪覆盖的地方不礼貌

今年的雪会下到明年
以至多年以后

如果你踏雪而来
一路脚印凌乱

亲爱的
没有比这更不礼貌的事情了

## 堆雪人

把屋顶的雪扫下来，堆在了院子里的雪上
越来越厚

和情意一样，积压下来，让人畏惧
我在一堆雪前搓了半天手

对王单单说，这么多的雪可以堆许多个女人
王单单说，为了堆更多的女人得把她们都掏空

我的身体凉飕飕的
几天了，雪还没有化

为了暖和，我用这么多的雪堆出了一个人
结结实实的。我踮起脚，吻他

## 屋顶的雪都化了

留给我们的东西越来越少，留给我们的时间
也是
但是我，急于返回少年，急于为你重新生长

但是事情越来越糟糕了。阳台上的植物一棵棵死去
一点预兆都没有
阳光把雪都照得化了。留下灰色屋脊

如果我去找你，应该在前几天，冒着风雪
而我半路返回
进屋时，把身上的雪都掸下来

而今我们都年事已高。如果哪天轮到我
去祭拜你
我想我还是会半路返回

## 细微的停滞


我喜欢那些细微的停滞：雪落地之前
灯熄灭的瞬间
蝴蝶在傍晚合拢翅膀。白霜已经悬在屋脊上


我喜欢这些细微的停滞：你欲敲门的手
你进门后的寒暄
你告别时想转过来的身体


我最喜欢这样一个停滞：我的棺木停在屋里
你跪下来，却没有拜
就已离开


我喜欢的是，我在人间逗留的时候
你恰巧也在

# 悲悯

你知道，我已经四十二岁了。噢，如果能够颠倒过来
就等于让玫瑰再开，让河水回到源头
让母亲回到活着

是的，四十二岁了，这一点点老去的身体
这没有被你爱抚过的身体
站在风口就听到无数窟窿呼啸的身体

可是我怎能不爱它呢，它把我的灵魂带到你面前
沾满露水的、湿漉漉的灵魂
在你的面前坚定不移的灵魂

我已经老了，真是一件悲哀的事情
但是没有这样的悲哀
又如何有遇见你的悲悯

这悲悯就是，当我走不动的时候

你走过来

仿佛肯定我所有的灿烂是为了苍老

## 夜如潮

半夜醒来。窗外微弱的光里
半寐着一些小事物：香樟树、芨芨草、桂花树
它们半凉着身子。下雪的日子不远了
而我们的日子，已经白了半头
我抚摸着自己平坦的腹部
那里有十万亩玫瑰等候打开
有一个城堡，等你把灯拧开
有一亿方泪水等你举手化成
细雨入春

那里有一个孩子，如果你不来
他就无权来啜饮
这人间甘露

## 五点半的阳光照进了房屋

真是一个好日子
雨停了，月季又生出了几个枝丫
几件旧衣服挂在阳台上
麻雀落在花盆的边缘上
我无所事事
看一会儿书，又看一会儿电影
现在衣服都晒干了
我把它们叠起来
还有一件是新的，想穿给你看的
我停下来
查看你那个城市的地图
天气也不错
我又把这件衣服重新叠了一次

## 神秘的力量

鸽子撑开金黄的光线，天空就允许它飞翔
而今天的风从南吹过来
从刚刚相识的人的衣襟边吹过来
他们为什么相识？

阳台上的花一朵接一朵开着
这尘土飞扬的日子下
它们为什么开得如此不要命

我感觉到你走来
而屏住呼吸。我感觉到你走来

## 清晨的风浮动绣满蝴蝶的窗帘

刚刚隐去的星辰
神谕隐退于这村庄的半空
幽寂的光阴造成一个人多灾多难
她想说清的事物逐一落空

麻雀和昨天一样落在窗口的木槿上
细风里，一对翅膀的颤抖和一个枝丫的颤抖
有细微的区别
这是刚刚窥探的阳光也说不出来的

风浮动窗帘，一帘的蝴蝶跃跃欲飞
我对我刚刚犯下的错误羞愧不已——
床头柜上你的照片，哦，你的唇
让我忍不住吻了上去

哦，这个早晨，万事万物都在偷窥

我这个做贼心虚的女人
哦，我找不到理由辜负这一个早晨
而除了辜负，又深感无力

## 我想象着我们相爱的样子

你拉起幕帘，遮住下午猛烈的阳光
你弯下腰，检查丝瓜藤卷曲的原因
你朝我笑笑

你把红茶倒掉，换成绿茶
你看着我写情诗，问今天会写出谁的名字
每个夜晚你都安睡，不会检查我的梦呓

你从远方赶来。你说穷山恶水有青的模样
流动的样子
你说我们在一起，必将走向更远的地方

嗯，黄昏的时候我们去村里散步
他们不认识你。他们只看见我头顶上
颤抖的白发

它们发光，耀眼
而没有一个人能够用"幸福"两个字
描绘我们在一起的样子

## 一个人在漳河新区大道上久坐


正午的阳光沉重。对面的土丘上坟家高大
红玉兰白玉兰都举起硕大的高脚杯
无酒空醉

他们都下班了，大楼里没有一个人
我坐在花圃上，暗红的石砌很凉
一个工人在另一个花圃上用手机听情歌

我给他发短信：
人生如梦。一时繁花似锦
一时落花满冢

他没有回我。此刻适合巨大的哀伤
或者幸福
但是我什么也没有

我什么也不想要。而那么多的事物
已经站满了陌生的一路
摇晃的公交车一个中午都没有来

辑三　路上的风景

# 糖

我找到了初中同桌的联系方式。哦，那一道闪电
——两个少年在雷雨里奔跑，越跑越远
他的手心里还有一块糖
"它化完了，我才忍心和这个世界告别"

他一直在我心尖上，细挑的身体
多触摸一次，他就溶化一点
我的舌尖充满苦味。从不忍心去舔
我的世界在一块糖心间

那时候我们互相写信，像离别多年的情侣
其实不是
我欣喜地看到他成了中年油腻男
而我也更多地与这个世界妥协

那时候我们为了英语的第一个字母是不是要大写

争论。他红了眼睛

现在，我们不再为"人"的大写争论
屈服于三十年的生死别离


这几天，我们都没有联系
也许，我也是他的一块糖
不敢去舔
哪怕这块糖掺杂了小剂量的砒霜

## 好多次，我梦见你

有一次在家里。你说，没关系
呵，似乎你知道我正在惶恐度日
麻雀一样落下枝头追赶自己掉落的羽毛
有一次在武汉。我和东林闹别扭
啜泣过后，你拥抱我，一声叹息
我猜半夜你没睡着，只是长江上的汽笛
都落进水里
怕听见的人华发又生
而昨夜，你喝醉了，蜷缩在床上
我帮忙你盖被子
却被你打了好多耳光
现在我在北京，亦庄，计算我和你的距离
想着我要跑多久，才能
迎接你的一记耳光
又怕你，举起了手不忍再落下

## 我说，这真好

晚上六点半，我终于笑了出来
憋了半个小时了，从他发信息说明晚一起吃饭
我想和几个要好的朋友说说这件事
但是忍住了
我还想给他多发一条信息
也忍住了
这消息瀑布般从我的额头击打到脚心
房间里灯光晃动，我的一件红裙子在晃动
我早就谋划好了，见他穿什么衣服
现在看来哪一件都不合适
有三天，我们没联系
我想我做的见不得人的事情被他知道了
现在我的清白又回到了这个房间
香气从窗棂映了进来
在见到他之前就醉倒是羞耻的
但是除了醉得一塌糊涂
我还不好意思不省人事

## 窗外的水杉树

在这个宾馆住了很多次
窗外的水杉树不知道长了多少年
昨夜，被一个人的影子撞醒了
重新穿好衣服
在窗边看水杉树
它应该有露水满身，那些细微的光
正在脱离露珠
往地面落
水杉的一个枝丫探到了窗口
又缩了回去
一只不知名的鸟嘶哑地嘀了一声
一只已经老了的鸟
没有在春天飞过来
风落在我的裙子上
这条想穿给一个人看的裙子
裙摆宽大
多少眼泪都能擦干

## 在三十层楼上看一个城市的灯火

拉开窗幕，坐在落地窗边看一城灯火

一直到深夜

它们还是那么好看

三十层楼上，我既非偷窥者，也非闯入者

"心如死灰地投入热情"

他说

他说这话的时候，我恰好摔倒在卫生间

醒来我笑了，幸亏妈妈她已不在人间

幸亏他不会看见

此刻，一城灯火

仿佛列队进入我身体摔出的缝隙

因为过于璀璨

而无能逼出我的眼泪

我抱紧自己，如同没有被点燃的灯盏

被这个城市

扔了出来

**响动**

早上醒来，躺在床上翻一本
昨天朋友送的诗集
床很大，我占了右边的一个角
书在离胸口最近的位置
我们一起躺在床上，书如果站起来
比我的身体要厚
我翻动白色的纸张，黑色的字
字与字摩擦的声音
要小于纸与纸摩擦的声音
但是它们已经掩盖了窗外车水马龙的声音
和从寺庙里传来的
钟声

## 凡是有翅膀的都面临灭绝

暮色又涩又重。鸟雀把花朵都搬到了铁轨上
一个人还在深夜里眺望一个城市的灯火
一个人关上窗户，在白纸上画出一百只鸩
她会在明天醒来，重新捡一张不洁的皮囊

## 和张执浩、李修文等在音乐学院门口喝酒

夜渐深
风晃动街边香樟树的叶子
把它们的影子叠乱到一辆自行车的后座
又分一缕在铃铛上
锈迹斑斑的铃铛
把街灯的光收集起来又折射出去
这些细微的光
和贴在修文左脸上的光
以及摩挲着执浩鼻梁上的光是一样的
这是第二次，我们在同一个地方喝酒
看车流和人群慢慢稀薄
看挽着手走路的人分别在路口
我们真像滔滔河水边的孤儿
借酒千杯
扶起栽倒在路边泪流满面的陌生人
哦，陌生人

我希望你也有这样的好运
能和执浩、修文这样的人相认
我一次次从修文的黑发上望向夜空
还是不知道头顶的那颗星子
离我们近了还是远了

## 江水至此亦不回

江水混浊，放青山于两岸，放鹰于天
江面上最小的船子亮起了灯
模糊，摇曳，悬着熄灭
一群人在天黑前过了江，借江风
喝酒
贴着江水行走
我真想长久地活下去

我在每个山庙里都许了愿
把一些名字放在起伏的航标上
我以为山神不会在意水里的事情
而这个寂静的夜里
我想占山为王，喝令山神
同赐我们天长地久地活下去

这样的想法真是让我

羞愧难当
却不忍把已点燃过的灯一一熄灭
来掩饰我的不洁

# 梧桐树枝晃下雨

空无一物的树会绿得深些
那些雨落到梧桐树叶上前一刻就空了心
落到没有庄稼的地里，坐实了更多的虚空

她在这里坐了一下午
把一块石头的温度坐了出来

梧桐树枝晃下的雨点
凌乱地开满了她的新裙子
她的新裙子，想穿给他看

"多么羞耻啊，每一次动心
我都以为是第一次"

一群蚂蚁拖着一小片叶子从她脚边过去
风停了下来

"唉，我希望把他的名字刻进我墓碑
可他到来得早了一些
我担心一个闪失，让这次动心
又零落入泥"

她哭了起来，为从前动过的心
委屈得像一个孩子

## 微笑一次次挂上我的眼睛

我坐在夜幕里，想写几句话给你
你还如此年轻，总是嫌弃别人的深情
微笑一次次挂上我的眼睛
扯不下来。我这个悲伤的人啊
村子里人声隐隐
这些瘦骨嶙峋的人生。那个老男人把轮椅
滑到路灯下
偶尔，我想象着和你也过这样的日子
那时候你会揪着我的辫子，叫我：死老婆子
我害怕你这样的心碎
即使这样，星群依旧闪耀。人们依旧前赴后继
钻进生活的死胡同
我很想从他们的眼睛上扯下黑布条
给你蒙上
同时蒙住我自己
微笑一次次挂上我的眼睛

如同我早承担过这样的结局
如果有一天我忘记这些是写给你的
微笑会再一次挂上我的眼睛

## 街角

洒水车几天没来了。修鞋匠的机器上尘土堆积
给机器上油比擦掉灰尘重要
她去缝纫铺取衣服，她告诉老裁缝
在破了的地方补一只蝴蝶
那个小学退休老师又在念他写的诗歌
打印纸被他捧得又白又薄
围观的人越来越多。总有陌生人加入这
每天都有的朗诵会
他满含深情地诵读：我们每一天都在这样的人群里
盲目，无聊。
他们对世界取消了自己的看法。他们这些傻瓜
我每天和你们这些愚蠢的家伙生活在一起
你们这些行尸走肉……
他的表情狰狞，双眼含刀
人群渐散
他跑到一棵树下，摇落一树灰尘

然后寂静地站立，仿佛摇下了一场雨

她看着他的背影，直到感觉有剑回鞘

才慢慢离去

## 在海口的海边上

海岸荒凉。时间被从海中央推上来
即将把万物扑倒
它们的摇曳，似欢呼，也似拒绝
一个孤岛搭载着灯火和时间在夜里漂浮

一个浪在水里死去。而死了的水又在新生的浪里
复活
水是不会死的
我离开你到这里，水是不会死的

沙子在风里漫卷。我口袋里的沙是倒不完的
即使回到横店
它在我的哀痛里为我筑起坟墓
我离开你，横店如灯塔熄灭在海里

有时候浪头很高，我不知道是不是最高的浪

我不知道是不是最凛冽的死亡
而死亡也从我脚边退去
我的一半身体还在活着

## 黄浦江碎词

你说吧，能不能把万人摇碎的影子再摇一遍
要不要把他们骨底的风抽出来再吹一遍
我们这段私情放不进国仇家恨也放不进你的庙堂
放不进午夜歌吟也放不进我的悲伤
你说吧，生无处相生，死如何相拥
就听你吟断古词，愁寄千行
就听你唱完宋词，雁断颓楼
就等你别离一抱，捏碎我
从此无人可重塑
除非再见，只有你能重塑我
可是这黄浦江风冷，一身骨肉万里扬
可是这汽笛声怯
不敢逆流上，又怕顺波下
谁叫这破败之身无墓栽高松
谁让这颠簸人生无乡植柳杨
你看这波涛万里，最会映斜阳
你看这无底之水，偏爱生泪光

## 在云南昭通的一个宾馆里

从上午到下午，一壶茶泡了九次
每泡一次就倒进三个杯子里。一个人喝三杯茶
窗外的云白一层，灰一层
一只麻雀的叫声把人间摁到半黄的树枝下
抽烟久了就想起你
门外是一间就要倒塌的房子，一个废弃的家
遇见你以后，我第一次想在这人间要一个家
有你的拖鞋、牙刷、剃须刀、烟灰缸的家
我掐灭了烟，去了一次卫生间，擦去眼泪
哦，这一张老脸
想让你的吻落在我的皱褶里
把两个地名写在白纸上，叠起来
这暧昧我该如何对你说呢
继续抽烟。这暧昧的事情我该如何对你说
昭通的梨子都熟了，甜而脆
人间的甜味都是被咬出来的

齿痕清晰

你看，在这房间里，我什么都有了

在这异乡

在一个地名咬疼另一个地名的白纸上

## 举起酒杯来

浓烈的事物都有小计量的毒
和你在一起，这毒又多了一个刻度
所以负重的蝴蝶落在花朵上，雨在它身后
所以秋天走到这个地方就再走不动
和你不一样
我试图找到身体里夜色的去向
我试图给自己设置更多的歧途
所以让我埋下死亡，以毒攻毒
洋河的水酿成了好酒
宿迁的花酿成了好酒
雨落地是酒
云化雨为酒
我的愁是断肠酒
杯莫停！
胡作非为为了，胡言乱语说了，哭的哭了，死的死了
而花还是不要脸地在开

你看到这首诗说明

我还臭不要脸地在活

# 兰州的雪

你背来茶叶，我必将牵马相迎

你持刀来劫，我已放下吊桥，城墙煮酒

谁也挡不了我要这一败涂地，死无葬身地

谁也挡不了我舍这一城繁华，做你袍下影

——前尘如云烟，聚散在这中山桥的上空

如今，我借来的这一生，风流过了，颓废过了

波澜壮阔过了，斜风细雨也过了

而你，依旧是我以为的能够把倒影落在我墓碑的人

我寻你。击水三千，掘土三尺

此刻，我在中山桥上，下雪了

落在中山桥上的雪和落在白塔寺上的雪不一样

和落在湖北的雪不一样，和落在汉江的雪不一样

落在我头发上的雪和落在我眼睛里的不一样

落进我骨头缝的雪却和落在大地上所有的雪

是一样的

此刻，我是雪中的三千片，至少有一片

落在你屋脊

此刻，我是三千片雪花间的一个缝隙

只有你进得来

此刻，我是茫茫的白中的一横黑

你怎么看，也看不见

此刻，我是铺天盖地的破碎

而明天，我是不留痕迹骄傲的愈合

# 在长沙火车站

在每一个人面前她都跪下去。现在她跪在了
一个小年轻的面前

少年玩着手机。她的搪瓷碗把几个硬币
颠得清响

少年玩着手机。雪打在火车站的圆形屋梁上
她的白发一根根竖着

我捏紧拳头。一记耳光
始终无法打出去。

我的硬币在我的口袋里作响

## 火车在夜色里驶出北京城

夜色还在加重。风擦着车厢的玻璃
什么也看不到了：秋收后的原野，原野上的树木
什么也看不到：头顶高悬的星空

火车在铁轨上运行，看不见的事物被碾碎
我触手可及的也被碾碎
破碎的还有我必定愈合的部分

是梦跌进梦。当我把手放进你的手里
当我，拽着你的衣角过了那条马路
是绝望愈合着绝望，好天气白白地好着

多少人和我一样，抱头而去
火车驶出北京城
奔向秋后的旷野

# 大半个中国以外

今夜，请举起酒杯，八千里对饮
你的窗外刚有雪花飘起，而江南就凝结成一粒黑痣
落在我的掌心

说起那些荒唐事，来不及一见
就结成冰珠一串，沉入汉江。这汉江啊
不过是映了千古明月，又映我一世痴情

大半个中国，那些发生过的事情依旧在发生
且让我们再饮一杯
你若痛哭，你这眼泪就是射击我的子弹

我是你的两种象征：雪地里的麋鹿，冰河上的丹顶鹤
请你在这失去了忠贞的时代
击溃我

我想和你滚翻八千里野花

让这大地为这肤浅之爱

疼上一疼

# 再致雷平阳

给你写第一首诗歌的时候
我还籍籍无名。说到爱，无非是苍茫
无非是在这苍茫里找一根针，刺我倾斜的脚心
不想正名，也不想以此为诱饵
引出平庸的肉身

几年过去了，冷空气在村庄里囤积
深渊里渐渐增多的坟墓。我们懂得太多了
都耻于说到悲痛。
而酒却不能不喝，且越喝越多

你敢不承认，你是醒着的醉鬼吗
今天，冬至过后，我又读你的诗歌
又泪流满面
这眼泪是酒，也是耳光
想到曾经的几次相见犹如错误

和玩笑

你依旧在云南，寻找一个巫师和咒语
我不过还在横店，日夜想着
如何把自己身上的咒语解开
该死的、不该死的人都死了
他们夹杂在我们中间
如何辨别？

## 在莫愁湖边喝酒

酒是好的。水是好的。风是好的。
一个女人，她也是好的
她左心房的爱是好的。右心房的羞愧是好的
在水边拍照的情侣是好的
他们的悄悄话我听不到，也是好的

人间是好的
最好的，是我在爱你。最坏的是我已经把你
爱得不像样子
我提着酒瓶从街上走过，我这个大地上的酒徒
如同提着你的头颅

总是让人悲伤。
莫愁湖边的柳树发出新芽了
一个被活生生摁进春天的人对春天充满仇恨
这仇恨让她更羞愧

这羞愧促使她不停地喝酒

直到夜幕落下，风把水卷到她裙子上
如果没有人打扰
该是多幸福
如果人间没有我或者没有你该有多幸福

我们都是夜行人
却偏偏揣着白天为非作歹

# 在火车上

每当进山洞，遇见深海般的寂静
我和我身体里的时间一起落入虎口
期待虎口拔牙的人，却那么快被吐出来

一次次落入，一次次吐出
万里清风覆盖在泥泞的人世上
那么多被踩蹦过的人，以为出一个山洞

就能逃离踩蹦
能让一个山谷里的茅房升起炊烟
让杏花的美拉出长长的弧线，超过一颗杏

夜色来临
我和我的身体陷入最长的山洞
我感到恐惧，是因为我以为这样可以见到你

又一次见到

愈加无话可说

时间的神秘来自它无可言说的悲哀


而山水沉默依旧

迎接一个个被蹂躏、被辜负

无家可归的人

## 与李安源同游玄武湖

游船在湖面上是平稳的
动荡的是投影在水底的云朵
我和他，若说萍水相逢
把"萍"字甩上岸，就是水滴的融合
安源你说，有没有怕水的鱼
把尘世的铁钩死死含在嘴里？
安源你说，这湖底还藏着多少坛酒
来供我和你对酌？
来供我点燃火堆照亮如同你我
这般的相逢
游船开了一圈，回到系舟处
我们相逢在各自人生的下半场
好像什么都得到过
也仿佛一无所有
你总是牵着我走路
我知道这样的怜悯
此生，你只给了我一个

辑四

向不确定的事物索要亮光

## 天色阴沉

下午，天色阴沉，房间里的事物也如此
仿佛从来没有明亮过
在房间里读吕德安的书，书本上的字也模糊了
哦，那个在山上盖房子的老男人
两朵泡掉了色的玫瑰肿胀在杯子里
像溺水的女人（这俗烂的见鬼的比喻）
一切事物都静悄悄的。它们即使看见了我
也默不作声
像看着一个被铁轨碾压的人般无能为力
我四十二岁了。这胜败参半的年纪
作为一个农民入土无怨
作为一个诗人被遗忘无怨
作为一个爱人，呵，如果我果真有一个
他也住在隔壁房间
开着灯。他应该看透了人间，在我隔壁

像一片就要落下去的叶子

选择我

如选择一块肥沃而荒凉的土壤

## 无猜
—— 兼致朵渔


是这样的皮囊选择了这样的灵魂
还是这样的灵魂选择了这样的皮囊
我在横店种花，你在远方写诗


是这样的时代选择了我们的出生
还是我们的出生造就了这样的时代
我在四处漂泊，你在家里看花


雾霾越来越重，你出门是戴口罩
还是带一腔愤怒
我崭新的爱恋带着深渊般的黑暗


要怎样才能入土为安？
把灵魂磨得像一把利刃
把肉体利用得像一个垃圾场？

如果说，我选择你做我小小的祖国

你选择给我出生地

还是给我墓场？

## 晚安辞

说晚安。用我这旧之又旧的肉体和灵魂
窗口的香樟树悬挂着去年甚至几年前的叶子
落在上面的麻雀也是。此刻的月光也是
我居住的村庄和你漂泊的城市也是。任由疾病一天天深入
我们病得无能为力
我们爱得也无能为力
走不到时代的锋刃，又跌不到悬崖的低谷
雾霾从远处，半天就笼罩了村庄
战争在远方，刹那就埋葬了人群
你看不到谁举着屠刀
你总感觉生活在屠刀放下的时刻
我爱你，在这和平的年代，如同一顿快餐
我要等你长大？
等你喊渴？
等你如同堂吉诃德老来归乡？
我们单薄的爱恨挤不进这时代的大门

黑夜来临。一个人等了很久

黑暗来临。

晚安。你把我的灵魂养育得四分五裂

晚安。你把我的肉体养育得百毒不侵

## 我喜欢这样毫无指望地活着

如同星子把自己交给了夜空
一条河交给了雨季
如同候鸟把自己交给了迁徙
鱼把它的命交给了狭窄的水渠

像是风把自己交给了幽深的巷子
巷子把年轮交给了月圆月缺
我就这样把自己交给了一个村庄，交给它
岁岁荣枯

把一半的命交给崭新的出生
另一半交给死亡

我喜欢这样毫无指望地活着
一身肉欲坐在日子的裂裟上
我赞美还能从我身体里夺走的东西
如同含泪接受一些迟到的事物一样

## 愚昧的大多数

据我所知，想他的女人在一个花园里

把一个春天撑破了胸衣

反正是春天。蜜蜂和蝴蝶不妨再多一点

我也要长出翅膀，长出妄念和贪婪

我也要勾住他的裤脚

哦，爱情。我们哈哈大笑，而女贞树的叶子在风里摇摆

她的莲藕之身要陷进淤泥

我的淤泥要倒进一个人的酒杯

明月不配给他

并非有人认可我的残疾之躯就值得我去热爱

并非有人理解我的胡作非为就值得我去爱戴

只有荒诞值得攀比

像风把他山之石吹到脚下

像风把千里鹅毛吹到身边

我对他的感情用不了多久就可以完成

真好

像赞美只来自词语的缝隙

## 暮色里

不是无端繁茂。这路边的花草

它们都有自己的名字，而我并不能都叫出

像我的一些邻居，我们每天打招呼

却不知道他们的名字

不是无端生长。它们被从不同的地方

移植到这里

沮丧了一段时间后，它们抽出了新叶子

这个傍晚，它们顺着一个方向倾斜

把风声滑到叶尖上

黄花是甜的，杜鹃无味。而兰草

今年没有开花

如果开，就是白色的十字

它们羞怯于拿出白色的十字架

守在一个村庄变迁的路上

年纪大了，每天我要在这条路上走个来回

而且学习在越来越精致的环境里

把自己变粗糙

暮色落下，刚刚好

## 写一首诗就睡觉

就是把梦提前，就是把梦放到桌面上

就是以虚幻涂抹虚幻，把过去搬到现在

哦，也是以酒浇在了不愿开的花，以血抹在了一个村庄的

祠堂

好吧，也是以我四十多岁的苍老

抚摸这树木旺盛的仲夏

抚摸窗棂上的月光、月光里的虫鸣

我的诗歌只是成全了我的孤独

当然，如果一个冰凉的名字能够让我凉下来

也可以写一写

不用深情

写一首诗改变不了什么

如同昂贵的化妆品遮不住一个女人脸上的

倦怠

## 取下

从胸前取下佛陀
取下项链、手镯，从手腕上取下刀疤
取下连衣裙、胸罩、内裤、鞋子
取下灯光

从村口的河流里取走星空，从星空里取走
我过世的母亲
而母亲啊，尽管你不在了，还是请你取下
孕育过我的子宫

取下头发，它们所剩无几
取下眉毛
取走我的心肺，它们千疮百孔
爱恨百结

取走我爱你的羞耻

取下母亲的名字、父亲的名字、儿子的名字
和爱人的名字
哦，爱人的名字太多了
许多梦里我会叫错

取下横店村这个名字
取走稻子、稗子、棉花、油菜

取走这些就是取走了
几百个的我

## 菩萨在墙上望着我

把菩萨从身上取下来，挂在墙上
菩萨在墙上望着我
菩萨从一块黄玉里脱身而出，笑盈盈地看着我
玉菩萨笑盈盈的，泥菩萨也是，纸上的菩萨是笑盈盈的
心间的菩萨啊，有时候也是
菩萨，请关上一切可能的通道，落我在凡间
落我在苦厄
落我在生了又死、死了再生的欲望里
一切欲望都是肉体的。菩萨你笑盈盈地不赐我好肉体
可是你赐我爱
赐我悲伤。哦，那悲伤如果在我死去的时候还在
多好啊
菩萨，你关上人间以外的所有通道吧
此刻，你额头上的微光也是我心尖上的
你此刻的透明也是我魂魄上的
村庄静谧，狗吠传来
你为什么会心一笑？

## 此刻，晚上七点过七分

村庄里的许多事物松开了拳头，天空松开
暮色就垂了下来。
一个人不能在这样的暮色里无所事事。
你要去城里的商场买裙子、指甲油、口红
你买避孕套，就站到了时代的外面
而这个村庄已经把嘴伸进了它的浪潮里
水鸟惊飞。痕迹里充满雾霾
有一些糟糕，在一个少年身上找不到青春
在眼泪里找不到爱情
我们深入爱情如同深入化疗中心
你终于知道所有的治疗是饮鸩止渴
而鸩
也是稀有动物了
一个人在这样的暮色里想走到哪里都有大道
孔子弟子成群
他不敢提到孤独两个字。直到此刻，它依旧

是一件丢人的事情

而这些村妇，她们头顶孤独而不自知

她们是不具有神的语言的神

只是没有人甘愿为鬼

来与之对应

# 一夜都有凉风吹

我的床上摆着两只枕头

一只朝北，一只朝东

早上我发现昨夜我在床上睡了一个圈

床上的几本书印满睡痕

写书的人，有的已经死了

有的还活着

有的在外国，有的在中国

有的没有国籍

死了的人把块垒放到活人的身上

当初我埋怨这张床太大

一个人睡着冷

如今我有这么多同床共枕的人

他们都拿出多余的小部分

在我床上

真正的部分还在世界上飘荡

## 在这样的风里

在这样的风里，在这蜷曲的生活里
你要捧着一碗冷饭而不落泪
日子如一条虚线跟在生锈的犁后头
而此刻，当我坐在灯下的时候，它就如一个逗号
跟在诗句的后头
风从屋顶拂过，枯叶落尽后是尘垢
你当初唾弃的尘垢此刻构成了你生活的必需
你当初惧怕的模样现在爬上了你的身体
哦，这么多无能为力的时刻
这么多幸灾乐祸
风从屋顶刮过，远方的腥味和烧焦的味道
从窗户的缝隙里钻进来
你挺了挺胸膛。
你独自度过了许多日子，你挺了挺胸膛
仿佛等着日子把你的腰身掰弯

风从屋顶刮过，一百年前的孤独烛火一样

打在你上半身

哪怕没有永恒，你也将遇见更多的人

## 对于人群的想法

我用了四十年，想混进一群人。想和他们在
热闹的广场上站一站
我们没有名字。名字在我们之间
在耻辱的时候才会出现
我们没有性别。性别在两个人相处的时候
才会出现
而今，我真的混进去了
为了雷同于他们
我常常藏起尾巴
如今，我常常想逃离人群，我和他们格格不入
人群是他们，我是我
我讨厌他们
同时也要求他们，讨厌我

## 从白发里取出一个少女

细雨落在他白色的伞上

黄昏落到他白 T 恤上，落到他皮肤上

他在读一个女诗人的诗《黄昏》

黄金般的声音渗出薄雾般的暮色

远方的女人在窗口看乌鸦飞过

她的掌心在疼。一个名字还是不能握得太紧

不然她的掌纹会被划得

更加错综复杂

喝醉了，她还在看着他

院子里的金银花都变黄了

——他怎么可以把一个人的黄昏

当成矿场呢

她还是想再试一次：从黄昏里取出一个黎明

从黄连里取出一个苹果

从白发里取出一个少女

站到他面前

## 移动

把电脑搬到阳台上，房顶上正在化雪

写了一首诗又搬进来

写诗歌的时候，雪化成水落到屋檐下

如果我的手再强硬一点

我的电脑可能摔在地上

那些句子会摔成本来的模样

幸好这不是生活，我想

而生活又是什么呢

我同样把一本书搬来搬去

书里画满了摇曳的野花

偶尔搬动一把吉他。我最多就看看它

不在它身上动一指头

# 一只鸽子

一只鸽子在雪化的时候飞进了村庄

一只鸽子缝补了阳光的缝隙

要多大的力气才能把这沉重之躯举起来

生活成了干瘪的草粒

寄居在一个飞翔者的体内

为了煞有介事而煞有介事地飞

这只灰色的鸽子

从西边的水库水塔里飞来的鸽子

常常被沉在水里的夕光打动

但是它从不描述这光

如同摇曳在水库的水草

从不描述水纹的模样

它的飞翔

也不过是完成一次对被天空遗弃的

抵抗

## 雪都化完了

阳台上的鹦鹉说：雪都化完了
阳台上的鹦鹉说：他没有来
阳台上的鹦鹉说：你知道他不会来

浪费！它说
一辈子浪费！它说
你去死吧，死了也浪费！它说

她拿出日记本，她写：
雪都化完了，褐色的悲哀铺在大地上
他们都不要醒过来

一只麋鹿从森林里出来，为月光所引诱
河水会涨高的。那时候，他们谁都回不去
她用黑色墨水画出一个落日

说句好听的，不然不给你吃。她对鹦鹉说

雪都化完了，他没有来。鹦鹉说

吃肉。他不会来。鹦鹉说。

# 无言

一切正在失去。

鸟鸣把流水搬上树梢。

光阴缓慢又迅疾。冷光从两个窗户照进来。

相遇是昨天的事情，战栗

将持续到明天

这幽寂的怀恋里，时间在一个人身上

从少年直到老去

此刻，你驱车追逐着流水

还要分心一树鸟鸣

我们都无能为力

我们欢腾的重逢还遥遥无期

# 他画出一个女子，在路尽头

他用画笔画一个女子，在路尽头
他用画笔画一个女子，不让她回头
他用绿色画一棵柳，遮住这个渺小的影子

月光满怀。村庄里一个孩子出生，一个老人离世
他们响亮地哭泣，后半夜沉默
一个人抬头看月亮

他们的月亮也是她的月亮：坟墓里的月亮
尘世里的月亮
梨花纷纷。一个女子从路尽头开始往前走

她如一个纸人，从他的画笔尽头往前走
她还要背着石头上山
用一个孩子的哭声，一个老人的沉默

她还要背着石头
压住尘世的流言、尘世的风
她还要背着石头压住自己的影子

他画出一块石头，挂在悬崖上
他画出一个悬崖，没有想好让不让一块石头
滚下去

# 这阴郁的中午

这阴郁的中午，这碎磁颠倒的中午
还有花朵从石堆里跳出来，赤裸裸反对这样的天气
它的天气，它就要熄灭的煤油灯
在它额上熄灭的，依然是火

你的孤独有两种姿态：一是摇晃上升
一是摇晃向下。黄金在一个人的脖子上慢慢化灰
你死了，一个时代也会终结
一个时代终结了，你就成了活死人

而我，除了自愿耽搁于红尘就不能引水进村
我的破碎是千万个行走于街头的男人
我的抵御是捡起他们黏合他们的时候
回流的血

## 哑巴

风刮起雪。刮起街角的烂褂子，一个孩子的红褂子
月亮高悬。照着风照着雪，照着孩子的红褂子
预言家死去了，
孩子有一些长大了，有一些却没有

风刮不动一朵花：水里的花，天空里的花
梦里的花。被人带进坟墓里的花
为了一朵花，她要活下去：吃下刀子，吃下垃圾，吃下
　　毒品
吃下血馒头

而城市里，酒会还在进行：人们在跳假面舞
他们搂得紧，他们的手心捏出了汗
他们的手心有弹簧刀
他们怕回家的路上有鬼

他们的舞场不久前是一个坟场
他们在死的前一刻还这样活着

## 祭母辞

谢谢你给了我两次劫难：一次是你生下我
一次是你化灰入土

明月依旧高悬你走后的年月
摁下长夜的呼啸，摁下空山的号啕

我们在尘世里行走急急如律令
我们在死亡的路上行走急急如律令

你给了我最大的难堪，你走后的岁月
我每有哭意
就有你的一抹骨灰呛入我的喉

遥想多年后，我那华发早生的儿子
跪在荒坟间

左边是你，右边是我

此刻的秋风盈袖

人间到处是被撕碎的绸缎般的薄薄怨仇

## 暮色涌进装满灯光的房间

如假象更正假象。但是身体里已无
重叠的虚影
虚词拖着实物往后退，多余的耳光
总是打在自己脸上

你看这人间小丑，看这摇摇欲坠
你饮这黄连酿成的酒。你喝这情欲配成的毒
你看着暮色里
多少措辞已是错

空里还是空。你不能在灯光里
挖一个居住的洞
而现在所有的赞美，都是将来
抛弃的罪证

## 在淘宝上买了一棵蔷薇花苗

它长。就要撑破虚假，撑破一个信息时代说谎者的肚皮
九月来了，陶渊明拜祭野菊花。这繁殖成了恶毒事
在乡村，把一棵不知来历的植物种在花盆
仿佛我自己就有不可告人的秘密

上当过一次：蔷薇开出白色的小朵，如胸前的孝花
我想给我的一个暗恋对象说说这个事情
他开口问我有什么事情
我突然觉得我什么事情也没有了

## 秋日私语

如一枚悬在风里的果实，悬在沉寂的山谷
狠命摇晃在风里的果实，摇晃在无人的山谷

月光狠命地照耀
狠命的月光对抗狠命孤独的山楂

我揣着枪支弹药，系一条绳索上悬崖
才脱离虎口的人又一次寻找狼窝

一千个影子在水面上融合
你啊，你举出自己的名字，就等我一击而中

打虎的人藏匿自己的啸声
你被我擒住了，就应该看我的破碎

我哭泣
我已经没有了重塑金身的时间

## 向不确定的事物索要亮光

如果我和你遇见
是一个旧词语遇见另外一个
是一片旧阳光遇见另外一片

曾经的日子蓄满雨水
我想起一个下午去找你
在一条河的堤岸上看到的那些鱼

我看着它们涌来
当我走以后，它们将永远消失
水永远停留在谜语表面

你将让词语充满新的生机
你向不确定的事物
索要亮光

这是最好的

我无法特指的事物

都有你身体上的一部分反光

## 追赶

雨越来越大，她还在奔跑。红灯次第亮起

她举着绿色的火把

她举着绿色的火把在春天里奔跑

心头的狮子在长大

她带着心头的狮子在春天里奔跑

她的狮子在她的肋骨里

咬

她把一个城市跑成一片荒野

她把一个荒野跑出无数坟墓

她还是无法把狮子

从心头

掏出来

辑五

意如明月知秋深

## 一朵花在绽开

孤注一掷：在火山之口，在大海的入口
在飞快奔涌的星河上，在千金散尽的光阴里

天，这是何等孤独：它不停地使力，万物静谧
没有一个对它握起拳头
这是何等荣耀：它一喷而出，战士般收复
整个原野

河流归位，星座归位，万物此刻合掌向上
它内心崭新的次序正在合理利用

它什么也不表达，哪怕被正在相爱的人看见
也是多么不可思议的事情

## 犹如对水的渴望

此刻，你在蜀国的夜色里喝茶
此刻你不知道身边的每一朵花都藏着惊雷
岸上的灯光都是水里的鱼群推上来的

此刻，你叫了一杯新酒
此刻灯影里摇晃的是昨日的旧船
你不再想问船上的人：可饮一杯否？

秋意浓稠。你在新衰的色彩的旋涡里
和你跳舞的人刚刚走出人群
摘下面具

我在远方看着你。把这盛世爱成乱世
势如流水
却不肯退场

## 积雪


她把一个神仙搬到山顶上
给她新鲜的衣裳

她把身后事搬到山顶上
给它黑色衣裳

太阳每天从雪山的左边落到右边
山顶的雪生不出风

她每天在草色渐枯的院子里独坐
山下的风总有雪声

这雪声沾上她的头发
山上的雪白如昨天，也白如明天

## 我只想安静地躺在你身边

我只想安静地躺在你身边
那时候雪花正往山顶聚集，时间里有微小的漏洞
我们一起听着屋顶上星宿移动的声音
我们的生命被摧毁过，才能
安详地躺在一起

"我独身太久了，我会习惯你的呼吸"
你拍了拍我的手。明天是个清白的日子
你会举着你的相机去拍寒霜里的事物
我擦着小婉的遗像：你的妻子
我们曾在湖边散步，她的体香后来就微弱了

我只想安静地躺在你身边
这么多年我们彼此牵挂，看着彼此在生活里颠簸
生活多少次坍塌，又摇晃着立起
多少事情可以说一说啊
但是我只想安静地躺在你身边

## 理想的下午

不锈钢的花架子。阳光在细细的钢丝上波动
它们折射的光和金银花叶片的影子
碰撞在一起，又散开

三只香蕉皮别在花架子边上。如同从身体上
剥下的日子
我算计着金银花树要长多少年才能挡住
邻居从楼下看见我

两只蚂蚁。从金银花藤上爬过来
那么快，像要去堵时间的管涌
它们来来回回，仿佛在时间的甬道上时刻碰壁

它们脚一滑，就倒挂在了钢丝的另一边
我心惊肉跳之际
它们又完成了一个来回

不锈钢的钢丝波光浮动
这明亮而光滑的道路
埋藏了多少危险

这蚂蚁是我养出来的
这危险，也是我给的

## 十月的柿子挂在秋风头

火从肺腑起，殃及皮肉。疼从昨夜生，牵连余生
十月的柿子树举着雨水熄灭不了的火
十月的柿子树举着一个孤独的村庄

她在柿子树下坐到深夜。风摇晃着枝头
火与火碰撞在了一起，雨水与雨水碰撞在了一起
碰出的绝望，悬地三尺

此刻的村庄是倒悬在天空里的。和乡村一起倒悬的
是我
和她怀抱着的一个时代

我们是随时从风里掉下的一枚果。甜的安慰剂里
该失去的已经失去
应该得到的还没得到

这个秋天，她给你写了许多信
那些文字内部的灰烬
从未被烧起来

## 在横店的天空下

从这里飞过的都是小鸟：鸽子、麻雀、斑鸠
在这里生长的都是小植物：杨柳、稗草、喇叭花
吹过这里的都是小风：移不动姓氏，搬不动生死

在这里生活的都是小人物：我妈、我姥姥、我舅
在这里长大的都是好孩子
在这里死去的都被清白的月光照耀着

一个人在这里仰望过星空
到哪里都能够找到猎户座
一个人在这里爱过，到哪里都被爱护佑

横店的天空连接着中国的天空，世界的天空
横店的雨水汇聚到河流
经过过去的楚国，未来的祖国

如果我爱你
全世界的阳光就会照到横店村
宇宙的湛蓝就会汇聚到横店村

## 多么晴朗的一天

我的鞋子丢了一只在昨夜
我们像盗贼一样潜进一片桃林
桃花不被偷，就结不出桃子
春天不干点什么就关不上门
星宿满天。巨大的寂静压迫着我们
他四处找一双眼睛，想把它遮盖
但是他的手落在了我的额头上
好吧
把这四平八稳的中年毁了，放到水上
他的唇落在了我的唇上
好吧，把我们的灵魂挂到桃树上
好好干
但是当他的手放到我的乳房上，我尖叫起来
他飞跑起来，定是撞了鬼
我大笑起来
想着这个地方刚好可以打坐一回

今天他给我发微信：

妈的，你有一只鞋子在我口袋里

那么小，像个玩具

## 我们在村子里遇见了

我们在村子里遇见了。蛙声跳在黄昏里
金银花举出细长的花蕾，来不及绽开
如一个个瓶颈
但是四月的村庄有幽香弥漫
一个人在她身披的枷锁上雕花
这枷锁上的花，是献不出去的
前些日子，我们在野外在星空下试图交出彼此
但是没有做到
我在这荒凉的野地里独自悲伤
他拉着我的手，吻我的额头
他说，不要紧
是的，不要紧。他遇见了一个石头般的女人
我的每一个颤抖都有刺
是的，不要紧。我们还会在村子里遇见
那时候所有的芬芳归位成果
也许他会给我发一个图片：
他握着一个桃子，吃得正甜

## 我哀伤

这金黄色的，这豹子般的忧伤，风掠过十月的田野
我不知道什么时候吐丝，而今已结成网
要多大的梦才能筑起这云泥之遥
你送给我的梳子，梳下了这个深秋的白发
这檀香木的梳子，我檀香木的哀伤
你这父母的独子，你这小我十六岁的
我善良的孩子
我居然没有羞赧。每一天的爱金色的树叶般
把阳光再折射一回
哦，我亲爱的孩子
如果你看重我的年纪，我便有母亲般的庄重
如果你认出我的天真，我便是不会老去的少女
如果你在意我的残疾
我也不会哀伤
因为你的到来，这喜悦足够
抵挡一生的不幸

## 我们两天没联系了

是的，比四十八个小时还久。这四十八个小时里
一个国家正在选举总统。一对恋人葬身于泥石流
送葬的队伍被吞没于山色，而婚礼正在进行
我想着你完成了一上午的工作，约人走进了咖啡馆
阳光搁在你肩头，时间被碾碎
落在你的皮鞋上
亲爱的，我和你在不同的时间刻度里
而它没有给我一点怜悯：让我衰老得慢一点
尽管你比我年轻，我还是舍不得让你老得跟上我
我们耽搁于死去了的时光
在午后读书。在午后写故事
我们的故事肯定不是独一无二，幸好我和你
都是独一无二
我们的爱不是前无古人，而我们的遇见却是
后无来者
你说我还会对别人动心吗？但是从你身上

学到的矜持、隐忍、善良、客观

我怎么舍得对另外一个人使用

横店是一个孤独的村庄。所有的房子都临危而居

所有的树木都临枯萎而绿

我像是从你身上掉落的一根羽毛

被风吹到了这里

对是否能和你相认，依旧没有把握

## 南京的雨

那时候的国都，你拎着刀和玫瑰

在南京的夜雨里：桐花一片片落下

一个朝代在它的七寸处，阳光和雪花一齐纷飞

你心仪的歌妓背着窗拨弄琵琶

一个轮回里，她就有几个分身：拨弄琵琶的这个

卖花的那个

还有在深院里托着书本憔悴的一个

时光斑驳，阴影里有明晃晃的杀戮

有长时间撕扯后的嘴脸

你无处可去。像在今生，找不到来处

只有你死后没有腐烂的衣衫裹着这一刻的哀愁

我的少年

要多少爱才能在冰河里琢一个窟窿

让单薄的欲望落成一条光滑的鲤脊

把一个不要命的人重新割伤？

而横店晴朗。我闭紧了嘴，对日子的伤口

不舔。不言
我们这些修葺坟墓的人，你的影子无法阻挡地
为我这千里孤坟
添土一层

## 在玉泉寺

放生池浅，不够放这一世爱恋
银杏树老，又怕挂上一生意愿
掉了的叶子又一次返回枝头，风来时
千年树根动

佛前长跪，任我忏悔这万千错爱
香烟缭绕，凭我弄断这如纤慧根
舍利子藏在九层铁塔下，伴这悠悠万年
闭眼让我出山门

# 一个人的横店村

春天把横店又染了一遍，从云朵到池塘底的云朵
从炊烟到坟墓，从车祸现场到祠堂
从我到我，步步逼近

又一次梦见和母亲一起开的杂货店
把烟酒递给别人，把盐和糖递给别人
把纸钱递给别人

新房子的阳台上，麻雀在我坐过的椅子上跳
布谷开始叫了
我替那么多人听见了

## 雨在黄昏里下

雨在黄昏里下，我的泥土之身在雨的缝隙里
真是叫人为难：火烧起为瓷，易碎
若岁月不还手，又沦落为石头，万古不化

我们在世界摇曳的缝隙里。它们兀自葱茏
兀自长一副好嗓子
兀自捡回掉落在深夜里的颜色

在雨水的缝隙里找人的是泥土之身
无法交还回去的泥土
无法拉上席面的石头

所有的雨水合起来，不过一滴污浊之水
我们兀自沉醉
像从来没有来过

我们兀自沉醉
面对这湿漉漉的废墟
湿漉漉的冰凉的身体

# 我是这世界的情人

或者反过来说，这世界是我的情人

当我出生于清明，世界就以它的草木之身加额欢迎

它说：鉴于你如此饱满的爱

要赐你残疾，赐你苦痛，赐你辗转反侧

擦亮黑夜

我们约定春天，约定在万种事物上

签名

约定在上帝的语言的缝隙里

反身寻找各自的秘密

我许你百花繁茂，岁岁枯荣

你允我掏心掏肺，不过百年

你许我独醉青山，认花为邻

我疼你枯荣千年，重复万端

你给我万亩河山，我只守着一个庭院

就在刚才，一只灰喜鹊在我的院子里梳着羽毛

此刻，你衔来了整个天空

我们之间
就隔着一个吻的距离
当我抚摸刚刚长出来的月季花的叶子
轻轻颤抖
无端欢喜

## 坟墓

雪积了半夜，屋脊都看不见了
没有一只乌鸦想把自己染白。芦苇倒伏
败絮外露，流言般卷走在风里
她点燃蜡烛，白纸上写诗
盛年参加宴席的红裙还挂在衣橱里
那一年，她闭门谢客，好好打扮自己
那一年，他结婚，她做了他邻居
这保持了几十年的嫉妒心
从红色到紫色再到这茫茫的白
她耳朵失聪，总是听到下雪的声音
几十年
这一生来不及开始就被耽误了
她笑了起来
烛火静立不动
黑字一落到白纸上就被它照歪
白天的时候，她看见他一对儿女回家

把雪踩得有点歪
像这白纸上的黑字
好多年没有小偷光顾了，她想
那些没眼光的混蛋都老了

## 水面

深秋之时，湖面沉寂，而且将无限沉寂下去

像从岸边不断扩大的睡眠。微风拂起的波澜不是它的

老树的倒影不是它的

低矮的飞行的身影不是它的

湖边的一块墓地，早些赶来的人歇息于此

更多的人正在往这里赶

我们因为有了死亡而活得信心倍增

湖面没有永恒的死亡，只有一小块一小块

无法分离出去的死

风从耳际刮过。我们只有和自己吵得耳红面赤

为从来没有结果而沮丧

沮丧让一些混蛋误以为自己成了好人

溺水之人死于湖面。红衣裳在湖面上在风里摇晃

他用了毕生之力没有看清楚

湖里的水

六十四卦，卦卦的动爻在扭动

他无法把它们都抓在手里
只能任由它们把自己缠住，至无法呼吸
哦，水

## 秋天后的平原上

我去看你时，麦苗还没出齐
这些在泥土里寻找方向的生命把泥土
安抚在大地上
一些奔跑着的落叶，它们有金黄的方向
火车从鄂中平原出发，迎着小北风从黎明开始运行

一些聚集在一起的庭院轻轻地横在这样的
苍茫里
门口的老人轻轻地横在他自己的苍茫里
如果火车再慢一点
这苍茫也会大一点
我去看看你，又会原路返回

一棵树站在另一棵旁边，像经过了长途跋涉
来不及惊讶就开始了衰老

平原上的人都会去看另一个人

如同我

抱着一列火车去追逐另一列火车

## 雨水

我们说起喝酒的事情。说酒里浸泡的事物
你准备的空杯子搁置在阳台
玫瑰养出了蜘蛛。它的半张网将网住昨天的露水
只有风是网不住的。风里有经过挑选的流言
我们说起喝酒的事情。说赤身裸体的女子从酒缸里出来
身体里发生了车祸
又一个人抬着灵柩走过空旷的大街
她喜欢过的人都在干杀富济贫的事儿
他们劫不走她的富贵,也救不了她的贫穷
我们说起喝酒的事情。说起下一次相见
如线的时间卷曲起来
像一个火球在雨水里滚动
那时候天气也凉了,大街上将看不见一个
穿低胸装的人

## 秋意深

一整天了，它在我窗外笛鸣
新铁一样的声音从树叶上弹回，打在它的腹部
哀伤的煤矿一样的腹部

以鸣叫续命的小东西来不及修饰一下声音
十七年过来了，也来不及借秋风
就为这一夜之欢，就为这往死里爱

像一个冒犯者。村庄里没有第二只蝉鸣
谁会带着露水
随着黄昏一起来临？

没有这求死之心，哪配十七年孕育的爱
我想给一个人打电话
又恐惧无法描述这声音

只任凭这声音破窗而入，携着火擎着水
这逼仄的呼喊里
谁的大厦正在倾塌？

# 野草枯黄

野草枯黄。曾经遮蔽我们的——退场
我们也放下了手里的猎枪，在乡村的家里烤火
喝酒

就这样一去不回了。你定不会去去年的春天
去年的春天什么都不属于你
你曾经在天空倒立行走

如今它的蓝变成蓝的敌手。如同爱会变成爱的敌手
我们再无一言
冰冷的身体互相排斥

诗人们从梦里一去不回。你没有梦
追得上他们
诗人如纸，没有语言就没有生活

野草枯黄了。一切活脱脱的东西一去不回
你要活下去
为了这仇怨还在横行的世界

## 立秋之雨

是打在瓦片上。打在头顶三尺，打在神的脚背
是打在山的腰部，打着一个季节的七寸
如果我敢动一次妄念，就会打着我的唇
叫我哑口无言

是沉寂迎合着沉寂。沉思遇逢着沉思
像阳台上的一株月季吹着雨风
花瓣一片片落下
像那样庄重的静谧

是温热运送着凉意，是中年的爱情
山水都有可寄处，山水亦无可寄处
是你酒后的热气
是憋了一个季节郁结的叹息

是深海有帆划来，呼唤出的一隅星光

是夜里涌出花朵的美人蕉

是轻轻一红

不可言说的红

# 八月，风吹动一个山坡的荒草

我的姐妹们还在写诗。一个个起死回生的面孔
我们胸口的雷霆已经熄灭了，剩下火灰一样的日子

我在手腕上画蛇，擦掉它的信子
它们的腹部绣着八月的人间。一群人说不对一句话

风吹动一个山坡的荒草。一些人在坟墓里
坐直了身子

一直往下，层出不穷的爱情和层出不穷的花样
山羊的乳房里有软胶囊的填充物

我们赞美过的事物都倒下去了
我们爱过的身体就是为了压垮我们

云在浮动，名词的缝隙里有纤细的动词

以便促进迅疾的消失

我的姐妹们还在写诗。重新削尖的笔头
一次次准确地对准自己的心脏

## 礼物

我只有这最廉价的：诗歌和眼泪
我只有这最无价的：诗歌和眼泪

我只有这最丰沛的：痛苦和思念
我只有这最狭隘的：痛苦和思念

我只有这样一个你啊——
未曾到来就已离开

## 九月七日，如果不醉生梦死的一天

麻雀还在窗棂上叫。昨夜梦里的风吹到它的翅膀上
浩瀚的蓝天之下，白杨羞涩地落叶
一个人在白杨林里越走越远，他六十开外
头发斑白

麻雀还在窗棂上叫。第二次吹动它翅膀的是田野上的风
女人穿上蓝色的麻布裙开始写信
在秋虫唧唧里
两种虚空比邻而居

活在人间的麻雀。这生动的名词、连接词、动词
在万物开始静坐的时候
给它们礼物，也讨取礼物
秋风从容，轮回带着人间苍老一步

没有一棵树的荒原也会积满落叶

空酒瓶口朝北风，一次次打出幽暗的呼哨

女人一字未写

就把信寄了出去

辑六　梨花落满头

## 从没有忘记

一晃几年过去，光阴带给了我们什么？
在钟祥的莫愁湖、南京的玄武湖、大理的洱海
那些倒映过云朵的水拍打过的岸边
我都坐下来把脚伸进水里
把我的一部分伸进虚无里
我愿意把更大的部分甚至整个我
都放进去

我们在车上听《假如爱有天意》
在人群中找人
又把找到的人还给了他们自己
我也险些把自己弄丢在人间
好在一个个分身慢慢回到了"余秀华"

曾经在舞台后听一个人唱歌
我是没有欢呼起来的浪潮，像沉在湖底的水

我想象下一次和他见面的样子
喜悦依旧会扭曲我的表情
但我们共存于世依旧是不可取代的鼓舞

更多的时候，横店村的夜晚里
植物氤氲的香气，麦子收割后的沉静
宇宙神秘地交汇
你手心的温暖轻轻传递了过来

## 如此晴朗的一天

初夏，你的院子里开满了花

相信和我一样，你更喜欢舞动的蝴蝶

它扇动过的你枝叶间的空气有一天会飘到我这里

是的，我能确定：那一刻天的蓝

树的绿

那一刻莫名盈满眼眶的泪水

哦，我还来不及见到你，也许永远见不到

但是从我到你的距离

是珍贵的山水、珍贵的四季、珍贵的祖国

珍贵的人间

万物都有它们的演唱会

那些音符打开的清晨，清晨里树叶边上的露珠

都让你我微微战栗

亲人啊，你要歌唱一辈子

但不要把人生唱尽

# 剧场

一场独角戏。观众有他们自己的戏份

灯光师是临时安排的，好的灯光师都已死去

他在自己的角色里大费周章

他要为谁献出他自己？

大雪在暗处下。大雪把他的头埋起来

他的肢体柔软了起来，任意蜷曲

他已经可以把一个躯体带向任何一个地方

他在所有的缝隙里都能进退自如

他已经能绞死所有的目光

大雪在暗处下

后半夜了，他在自己的动作里获得一切满足

不仅仅是江水满足于两岸的围困

不仅仅是身心承担的岁月

动作完成了舞蹈

我完成了在自己的戏份外对他的敬爱

我那已经死去的母亲在另一个角落

完成了对消失本身的宽容

如果还有泪水

就是我们一起完成了对这个尘世的礼遇

## 哀歌：这乡村的傍晚

鸟儿飞到黄昏就朴素了，包括少见的黄鹂

死亡的哀愁需要往后延续，要等候星群

她坐在门口，树根的阴影映上面颊

衣襟在风里垂下去

活着的人依旧在寻找活

因为无所事事

她的丈夫，乡村最后的绅士

在一堆新到的书籍里，像在迷宫般的墓群

那个不会吵嘴的女人真可怜

能够发出声音的时间不多了

你除了裸露浅薄还有别的娱乐吗

猎户座悄悄地看着这里

庄稼都收割了，没有浪费在雨里

年轻的人就是为了收割这些庄稼的

泥土为了收割这些人

所以，省略那些月光下的比喻吧

## 小说家赵四

他发了个朋友圈就出门了
到了酒吧，看到朋友圈数千个点赞
"这是个好苗头！"仿佛看到小说出版后的情景
——我要写个银河系
他是这么说的。他十七岁就年少得志，如今五十岁了
在江湖上有了地位
酒吧里的人多了起来
围绕他的庸脂俗粉，被文字吊起来的女人们
被紧身衣和民族风搞昏了头
这些无数次恢复贞洁的维纳斯
今夜还不到救赎她们的时候
红尘深处是人家
赵四激动地记下这句话
"我得到的够少了，我以身侍文这么多年"
有人问：
四哥，你写银河系，会写到上帝吗？
白成什么样子都不可惜

## 哎呀

他这个月就要去上班了
下午他开车带我去镇上，路不好走
我们把车窗摇下来，吹着不连贯的风
他灵活地打着方向盘
嫌弃爷爷的这辆小破车
他二十一岁半了。我惊讶地盯着他的侧脸
青春痘留下的坑坑洼洼还在
生来的羞涩还在
生他的时候，我刚刚二十岁，比他现在还小
他在我身边居然平安地
过到了二十一岁半
我情不自禁双手合十
透过车窗玻璃，面对云朵之上
被洗浴过的蓝色的天

# 喜悦

我和几株植物坐在阳台上

常春藤又抽出了新的叶子

脆生生的。阳光从它的胸前照到了背部

月季悄悄吐出了花蕾，米粒一样

它们在春天无垠的原野上找到了自己的路

时间穿过它们的时候很轻

穿过我的时候气喘吁吁

它们如约绽放，我无约苍老

一切得到的都要失去，连孤零零也会失去

还没有发芽的三角梅歪在自己的孤独里

枯黄的枝干

还在左右为难

我把世界看遍，又回到这个村子里

母亲不在了，父亲老去

我们正在丢失自己的一部分

这个时候，一只喜鹊飞过来落在阳台上

它腹部炫目的白让阳光提升了一个纯度
我突然心生喜悦
天空的蓝如潮往我胸口涌流
我加倍原谅了那些无法阻挡的丢失

## 玫瑰里面无枪声

她走下台阶的时候，轰炸机擦着烟囱飞过

风把裙子掀了起来：被老鼠咬了几个洞的百褶裙

似乎比她的人更重

她佝偻着身子，去井边提水。她感觉水井一年比一年深了

去给玫瑰浇水

她的爱人，四十年前就走散了

她的水淅淅沥沥落在玫瑰上：哦，年轻的小伙子

那时候他比她小十六岁

"你瞧，我还活着。我可不敢死，你不来

谁给我刻墓碑"

那时候他结婚了，她买了这房子住在他隔壁

她以为他不知道她爱他

他的妻子再嫁那天对她说：我们什么都知道

她耸耸肩：不过是知道

"你现在该六十六岁了，再不来，就刻不动碑了"

他已经死啦，她不是不知道
轰炸机又飞了回来，把她的头发吹乱了
雪一样的乱发

## 此刻，在下雨

此刻，在下雨。在暮色垂下来的时候

又一个冬天伸进了村庄中心，伸进了最偏远的姓氏

那些一身哀伤仍旧使劲活着的人啊

那些把石头从泥里挖起来背在背上的人

他们都是我的一部分。他们死去，丧钟首先为我而鸣

如今我越来越瘦，一具骨头冷冷地

撑着这个人世

雨点本来是无声的。此刻却在我的窗户上

有节奏地弄出声音

一切都是有节奏的。而我是个寻找节奏的人

我知道我为什么老了

因为更多的人死在我的身体里

这个万人坑，就算聚集万千之爱

也是隔靴搔痒

而雨，喜欢这样的痒。

我知道我为什么老了，因为我什么也没有找到

却把得到的都已丢失

## 到了五月想起桃花

寺院寂静。风消失在巴掌大的叶片间
你以为贴身的事物再无法企及
门口的大石头不能掏出一个佛身了

在五月想起的桃花
无法掏出一个桃子
其实这是一件无关紧要的事情
一个桃子也没有足够甜的因素

桃花就不一样
所有的甜都在一朵桃花里
仿佛聚集了一场灾难以后的爱情

在五月想起桃花的人
心在寺庙
在寺庙的人不屑于说出形成了一半的

心愿

她要研究桃花的历史
冤案
它被放逐的地方如今哪里有浩荡的烟火

做这些事情是让自己看不出自己的寂寞
做这些事情是喝够了桃花酿的酒
也受够了桃花引起的非议

## 阳台上的月季开了

时间露出小破绽，一朵花就顶了过来
一朵花占据了一个阳台真好
相比于她的绽开
我拥有泛滥的伪抒情
悲痛一旦说出就成了身外之物
我们把不幸挑在刀尖上招摇过市
如同挑着一段过期的爱情
只因为新的爱已经具备雏形

我在阳台上，热浪涌来
裸露的胳膊粗了
臃肿的身体会亵渎爱情
我想我应该在很长时间里不涉及爱情
我企图后退
以坐拥人生仅存的半壁江山
在这个村庄里

过隐匿的生活

如同逃出囚禁的老去的王子
说起雕栏玉砌
能编出一段故事

# 白鸟

它扑腾着翅膀，如一团魅影
站在芦苇上
芦苇的管道里藏满明年的枯黄
小块的时间在这里小块地混乱
月光是有次序的

这只白鸟，几年前飞出一个人的身体
如今这身体衰败
而它还是耀眼的白
这白，还在追逐未曾到来的白

如同她身居黑夜
还在追逐未曾到来的黑
他们都是这样孤注一掷，以身涉险
最后拿险止渴

它收敛了翅膀，一动不动

——一团又薄又脆的死亡

坐在这夜色里的人

——这一个被月光宠爱过了的坟墓

## 幸福

院子里的栀子花又炸出了两朵

香味从栏杆上溅了下去

惊飞一只在阳光里跳房子的麻雀

它慌不择路落在我的窗台上

偏着头

——它不知道大地又衍生了多少秘密

这个在房间里写字的人

一边解开，一边制造

只有天上的云看着这一切

看着倒映在池塘里的房子，房子里的人

那个人看着的麻雀

风吹过

麻雀的翅膀，那个人的头发

一朵刚刚冒出来的栀子花

一起微微颤动

## 我们在一个茶馆讨论一个案件

是的，这个很难办
案情在这个春天模糊不清
我沮丧地看着他
窗外的玉兰举出无数酒杯
装满了阳光
溢出来
不要原谅那个坏人。不要原谅无事生非
不要原谅谎言
我沮丧地看着他
窗外树木的香气渗了进来
我知道我是一个好人
因为我闻到了
春天最细微的欢愉

## 后门口的茶花

下午，云从屋后的斜坡上
蠕下来

竹林里栖满了鸽子
看着云和云走动过的天空发呆

后门口的茶花开了几朵，玫红，挺拔
露出胸被撞开后的惊讶

我的邻居——一个七十多岁的老太太
出神地看着那一群花
头发被细微的阳光浇得比昨天更白

她慢慢蹲下来
她的手抖了几下，也不敢触摸一朵花
直到云全都滑到坡下

她还在和它们说着什么

轻言细语
仿佛在告诉它们一个秘密

## 那次去巢湖，没有见到你

落日又一次这样悬在横店之西
一件灰色的裙子还挂在杏树上

雪已融化
一些白却留了下来

野鸽子从废弃的灯塔里钻了出来
它们身体里的信还在沉睡

远处走动的人影
他们被中午的好时光抛弃，遗忘

人世空荡
蓄满风声

我又一次看见一个叫巢湖的波浪
吞没了这个叫横店的地方

## 源

我爱上这尘世纷纷扰扰的相遇
爱上不停重复俗气又沉重的春天
爱上这承受一切，又粉碎的决心

没有一条河流能够被完全遮蔽
那些深谙水性的人儿，是与一条河的全部
签订了协议

——你，注定会遇见我，会着迷于岸边的火
会腾出一个手掌
把还有火星的灰烬接住

而我，也必沦陷为千万人为你歌颂的
其中一个
把本就不多的归属感抛出去

一条河和大地一样辽阔
我不停战栗
生怕辜负这来之不易又微不足道的情谊


哦，我是说我的哀愁、绝望，甚至撕心裂肺
因为宽容了一条河
竟有了金黄的反光

## 梨花落满头


离家多天后，旅馆院子里的梨花白了
从零零散散的白到铺天盖地的白
一个人把她的力气哭完
她坐在梨树下，一个个黄昏过去
小院深锁。看不到山，看不到水
山水都埋伏在一个人笔端
只有白泄露而出
她恍惚
她追着一个影子敲开几个人的门
她逃逸
如同白消失于白


她把头上的梨花摘下，嚼乱
有结果欲望的花都是苦涩的
她吞下去

更多的梨花落下来

一个人笔尖的山水开始绿起来了

小院深锁

**当我爱你的时候**


当我爱你的时候，你浑身有光。而我也是美好的，并不
　　是你的光照到了我身上。

当我爱你的时候，这世界温暖而多情，却不是上帝于此
　　刻看见了你我。

当我爱你的时候，我怨恨我的不完美，却更愿意和它和
　　平相处。


我在想如果你也爱我，这世界是不是过于美好，美好到
　　我不敢承受？

如果你也爱我，这人间的果实是不是就能任我们挥霍，
　　而挥霍到无力的时候，我们只能抱彼此哭泣？


所以谢谢你，也请你感谢你自己：你的存在给出过你从
　　来不曾知道的美丽。

所以也请感谢我，曾经为你燃烧的光明。

但是最亲爱的人啊，如果我还不能为你书写，请赞美我。
赞美我的深情无力托住文字，赞美我还有守口如瓶的爱情。
因为除了爱，再无其他构建我生命的意义。

HOUSHAN KAIHUA

后山开花


**图书在版编目 (CIP) 数据**

后山开花 / 余秀华著 . -- 桂林 : 广西师范大学出
版社 , 2024.5（2024.5 重印）
ISBN 978-7-5598-4872-7

Ⅰ . ①后… Ⅱ . ①余… Ⅲ . ①诗集—中国—当代
Ⅳ . ① I227


中国国家版本馆 CIP 数据核字（2023）第 197996 号


广西师范大学出版社出版发行

广西桂林市五里店路 9 号　邮政编码：541004
网址：http://www.bbtpress.com

出　版　人：黄轩庄

责任编辑：张丽婷

内文制作：张　佳

装帧设计：尚燕平

全国新华书店经销

发行热线：010-64284815

山东韵杰文化科技有限公司印刷

山东省淄博市桓台县桓台大道西首　邮政编码：256401

开本：787mm×1092mm　1/32

印张：8.25　　　字数：65 千

2024 年 5 月第 1 版　2024 年 5 月第 2 次印刷

定价：58.00 元


如发现印装质量问题，影响阅读，请与出版社发行部门联系调换。